コルティジャーナ／イタリアルネサンス文学・哲学コレクション④

イタリアルネサンス文学・哲学コレクション［4］

責任編集――澤井繁男

# コルティジャーナ［宮廷生活］

Cortigiana

ピエトロ・アレティーノ

Pietro Aretino

訳――栗原俊秀

RINASCIMENTO
ITALIANO

水声社

本書は、
澤井繁男の編集による
イタリアルネサンス文学・哲学コレクションの一冊として
刊行された。

Pietro Aretino (1492-1556)

# 目次

## 凡例

一、本書は、ピエトロ・アレティーノ『コルティジャーナ』（一五二五年版）の全訳である。底本として、次の版を用いた。
P. Aretino, *Teatro. Cortigiana* (1525 e 1534), a cura di P. Trovato e F. Della Corte, Roma, Salerno Editrice, 2010, tomo I.
その他、翻訳にあたって参照したテクストは巻末の「訳者解説」に記した。

一、ルネサンス関連の人名・地名などの固有名詞の表記は概ね『ルネサンス百科事典』（T・バーギン他編、原書房、一九九五）にしたがう。それ以外の固有名詞の表記にあたっては慣用を優先した。

一、訳注は巻末に配した。

一、〔　〕は訳者による補足・注記を示す。

コルティジャーナ

## 登場人物（登場順）

**前口上の道化**
**あらすじの道化**
**マーコ殿**
**サネーゼ**　マーコの従者
**アンドレア師**
**物語を売り歩くやくざ者**
**カッパ**　パラボラーノの従者
**ロッソ**　パラボラーノの従者
**フラミニオ**　パラボラーノに仕える宮廷人
**ヴァレリオ**　パラボラーノの邸宅の執事
**パラボラーノ**
**ファチェンダ**　魚売り

**サン・ピエトロ大聖堂の聖具室係**
**グリッロ**　マーコの従者
**センプロニオ**　フラミニオの友人
**アロイジーア**　取り持ち女
**ゾッピーノ**　取り持ち屋
**メルクリオ師**　医者
**アラチェーリの修道院長**
**トーニャ**　パン屋のエルコラーノの妻
**パン屋のエルコラーノ**
**ユダヤ人のロマネッロ**
**警吏**
**ビアジーナ**　下女

# 前口上とあらすじ

**前口上の道化**　俺は序言だか、演説だか、説法だか、数え歌だか、小言だか、あるいは前口上だかを覚えてきたんだ。そこで、わが親愛なる友のために、あんたたちの前で披露してやろうと思ってたけど、みんな、俺がへますることばかり期待しているみたいだな。よし、あんたたちが賢明なる御仁なら、拍手ヲ給エ、イザ、然《さ》ラバ。(1)

**あらすじの道化**　なにが「拍手ヲ給エ、イザ、然ラバ」だ？　俺はこのあらすじを、いや浣腸《かんちょう》を、いや注《ちゅう》腸《ちょう》を、(2)くそ、こいつがどんな名前なのか知らんがな、とにかくそれを作るのに、たいへんな時間をかけたんだぞ。お前は俺に、せっかく書いたものをほっぽりだせってのか？　まったくお前ってやつは、ピサの斜塔よりひん曲がった、ペテン師以上のいんちき野郎だ。

**道化（前）** 仰るとおり、間違ってたのは俺の方だ。ああ、ちくしょう。もし俺が、ちょっとしたおふざけのせいで十字架にかけられたとしたら、それは公正な話だと思うか？

**道化（あらすじ）** まさか。そいつは道理に反してるし、真っ当じゃないな。そんなささいなことで人を十字架にかけるはずないだろう。

**道化（前）** どうだかな。むしろ、なんでもないことで十字架にかけようとする手合いの多いこと。その証拠に、ローマ生まれのマリオ殿[3]が、ついさっき俺のところにやってきたんだ。俺は前にあの人に、あなたは取り持ち屋で娼婦の世話をしてますよね、と言ってやったことがあるんだよ。あいつはその件を根に持って、俺をとっちめにきたってわけさ。

**道化（あらすじ）** あっはっは！

**道化（前）** お前にとっちゃ笑いごとでも、俺の方では泣けてくるのよ。だってな、そのマリオ殿がようやく退散したと思ったら、今度はジェノヴァ人のチェッコット[4]に襲われたんだぜ。元仕立屋で、今じゃ占星術師のあいつだよ。俺が以前、スペイン人はフランス人より優秀だって言ったもんだから、そのことに腹を立てやがったんだ。あのうすのろめ！　ロレンツォ・ルーティ殿[5]からも、危うくナイフのひと突きを喰らわされるとこだった。俺があの人をけなして、ルーティはシエナ人だから狂ってる、なんて言ったのがまずかったんだな。あとは、ローマで骨接ぎをしてるマッジョリーナとかいうご婦人[6]だ。あの女、俺があいつを魔女って呼んでることや、なんやかやのくだらない話を告げ口されただけで、天にも轟く大声を張りあげたんだぜ。俺としちゃ、自分のご主人さまが俺にたいして、そんな風に悪い印象を持ってないことを祈るばかりだよ。なにしろ印象ってやつは、とりわけ高貴な殿方の耳のなかでは、てきめんに響きわたるからな。

**道化（あらすじ）** それならお前、もう棺桶に片足を突っこんでるぞ。だってお前は、良い印象や悪い印象がご主人の耳にどう響くか見積もってるとき、まるで、どうしたらもっと嫌な気分にしてやれるか企んでるように見えるからな。ジロラモ・ベルトラモ(7)が聖年に敬意を表していたのを見習って、お前もお偉方のご厚情には感謝せにゃならんぜ！　さあ、そろそろ真面目にやろうや。お前が立派な前口上を披露したら、そのあと俺が、こちらの善良なる面々にあらすじを聞かせるよ。それから、喜劇を演じる連中は演じたらいいさ。俺の方は、自分の務めを果たすことで精一杯だからな。ほら、これ、もも引き(8)。

**道化（前）** お前の言うとおりにするよ。文句がある連中は、ケツの穴でも掻きやがれ。

## 前口上

マレンマ(9)のいたるところ、さらにはイタリアをすみずみまで探しても、かくも多くの暇人たちをかき集めることは不可能でしょう。騒ぎを聞きつければみんなが駆けつけてきますが、誰ひとりとして、なにが起きているのかはわかっちゃいないのです。医者のヴェルツェッリ(10)とその仲間たちが四つ裂きにされたときだって、それがなぜ、どんな風に行われるのかについては、ほんの二日前に知ったという有様ですから。「喜劇を見にきたのは、ちょっとした気晴らしのためさ」なんてことを言う、偉そうな人もいるかもしれません。まるで、人を笑わせることだけが喜劇の効能だとでも言いたげではありませんか。しかし、みなさん、騒がしい人たちだな！　打ち明けるなら、俺はこれから、あんたたち全員を侮辱してやるつもりなんだ。くそったれ！　くそったれ！　静かにする気がないんなら、ここでなにもかもぶちまけるぞ。誰が「攻め」で誰が「受け」か、ばらしてやるからな。やれやれ、孤高を貫くコメディア婦人[11]への敬意がなければ、みなさまの悪癖をすべて公表していたところです。なにしろわたしは、(畏れながら申しあげますが)マルケの民草がアルメリーノさま[12]の善良にして神聖なる記憶を頭に留めている以上に、みなさまの悪癖をこの頭に刻みこんでいるのですから。

　さて、女主人《スイニョーラ》[13]への家賃の支払いが滞っている方はいらっしゃいませんか？　それと、召使いにはきちんと給金を支払わなければいけませんよ。執事の不興を買っているなら、その友情を取りもどすべく努めるのが賢明です。夕食がまだの方は、空腹の伝令者たる鐘[14]が鳴らないうちに、食事をとりに帰ってください。まだお祈りを唱えていない方は、いまさら唱えに行かなくたって、聖霊に罪を犯したことにはならないでしょう。

　ご子息や弟君が宮廷で過ごしておられるなら、父君や兄君はきっと楽しくやっていけます。宮廷に出仕させるにはたいへんな苦労が伴いますが、ご子息らはやがて高貴な殿方か神父になり、たっぷりの金を稼いで、好きなだけお芝居を見物に行けるからです。それにしても、わたしは無駄口が過ぎるようだ。わかってますとも、早く喜劇を堪能したくってうずうずしてるんですよね。さあ、本題に入りましょう。暇人のみなさま、準備はいいかい？　おやおや、ずいぶん窮屈な恰好をしている人がいるな、どうしました？　もちろん芝居を見るためだ。もしあの方が、聖顔布[15]を見るためにサン・ピエトロ大聖堂に行って、あんなに居心地の悪い思いをさせられたら、主《しゅ》に向かってこんな風に言うでしょう。「聖顔布は、また次の機会に見にきます」。しかし、高貴なご婦人が少ししかいなくて良かったですね。だってわたしは、みなさまが足を洗うとき、香りづけした水を使っていないことを知ってるんですから。さて、そろそろ話題を戻しましょうか。

こちらに居並ぶ閣下たちこそ、わたくしの庇護者であります。したがって、わたしがちょっとばかり横柄な態度をとったとしても、ご心配にはおよびません。わたしはこれから、この上なく高貴で、お行儀が良くて、徳の高いみなさまを、虚仮《こけ》にして差しあげるつもりなのです。どうか、これより始まるお喋りが、みなさまのご気分を害されるなどと思わないでください。だってこのお芝居は、みなさまの似姿ですから。いやはや、いまから笑いが抑えきれません。みなさま、こちらの舞台にはバベルの塔が立っていると思ってるでしょう？　ところが、いざ町を覆う幕が上がってみたら、そこにはローマの景色が広がっているのです。宮廷、サン・ピエトロ、広場、要塞、旅籠《はたご》の「レプレ」と「ルナ」、泉、サンタ・カテリナ、そのほかすべての町並み[16]をご覧ください。おっと、ここがローマだという証しに、今度はコロッセオやらパンテオンやら、いろんな遺跡が見えてきた。お察しのとおり、まさしくローマを舞台に喜劇が演じられるのです。さて、それではこの喜劇、どんな名前だと思われますか？　「コルティジャーナ」、それがこの芝居の名前であり、トスカーナの父とベルガモの母から生まれた娘にございます。そういうわけでこの娘が、「淫蕩《いんとう》なるソネット」だの「聖油」だの「水晶のごとき雫」だの「ゆめゆめ」だの「ここもとそこもと」だの、それに類した戯言《ざれごと》を台詞に使っていないからといって、驚かないでくださいよ[17]。こういう言葉が原因で、ムーサ婦人たちはフィレンツェ風のサラダ菜しか食べないようになってしまったんですから。請け合いますが、わたしはボローニャの騎士カシオ・デ・メディチさま、すなわち、「品詞ハ如何《いか》ニ」の詩人[18]の僕《しもべ》でございます。この詩人の手になる『聖人たちの生涯』という作品には、次のように忘れがたく神聖な一節が記されています。

キリストはわれらのために、十字架の上でおだぶつになった[19]

たとえペトラルカが「おだぶつ」と言わずとも、このボローニャ人、ペトラルカでないこの人は、かの「金ぴかなる騎士」として、この言葉をお使いになったのです。やはりボローニャの貴族であるチノット[20]は、トルコへの憎しみをこめてこう書いています。

教皇さま、沖合へおはしまし
トルコを潰滅《かいめつ》させ蹂躙《じゅうりん》すべし
主があなたにお怒りであられるゆえ

「おはします」は古《いにしえ》の語彙、「潰滅」と「蹂躙」は今日《こんにち》の語彙であります。レオ十世から桂冠を授かった詩人チノットが、こうした言葉を用いて、かように味わい深い詩句を編んでいるわけです。それなのに、ペトラルカの語彙の注釈者たちときたら、フィレンツェ人のノッカ[21]でさえ、祖国から褒美として授かった吊るし責めの刑をあと八回食らったところでけっして口にしそうにない言葉を、チノットに言わせようとしているのです。

そして、使うべき言葉とそうでない言葉をもっとも巧みに区別するのは、かのパスクイーノ[22]をおいてほかにおりません。パスクイーノは、自身の系図が記された一冊の書物を携えており、そこにはこれからお聞かせするような愉快な話が書かれています。詩人の子パスクイーノを、ここではその書物の著者ということにしておきましょう。パルナッソスは高く険しく、悪魔に取り憑かれた山でありました。あの聖フランチェスコだって、たとえ聖痕《スティグマ》を得るためであろうとも、こんな山には登ろうとしなかったはずです。ここに、貧しくとも心は気高い、アポロンという名の御仁がおりました。なにか誓いを立てたのか、あるいは世間に絶望したのか、山中に庵を結んで暮らしていました。すると、どこの誰とも知らぬお方が、善良なる九人のご婦人の心を大いに揺り動かしました。そこで、ご婦人方は前述のアポロンさまの承諾を得て、ともに修道院にお入りになったのです。生活の場を同じくして、みなで徳行に励んでいると、ほどなくしてアポロンさまとご婦人方は、たがいに深い愛情を抱くようになりました。悪魔が利口なのと同じくらい自然な成り行きで、美しいアポロンとこの上なく美しいムーサ婦人たちは、床入りをすませ息子と娘を儲けました。アポロンは、その身に携えている竪琴からも知られるように香具師《やし》であり、長年のあいだ人前で歌を歌っておりましたから、息子や娘たちもみな、同じように詩人になったのであります(23)。

さて、パルナッソスの山頂で九人のたいそう美しい女たちが、たったひとりの男のためにかいがいしく尽くしているという話が知れ渡るにつれ、たくさんの男がその山に登ってやろうと躍起になりました。あと一歩のところで首の骨を折ってしまった男も、ひとりやふたりではありません。善良なるムーサたちは、アポロンの疲労をいくらかでも和らげて差しあげたいと考えた末に、悪魔に取り憑かれたこの山を登りおおせた才気溢れる男たちと懇《ねんご》ろになり、こうしてかの高貴なる被造物、すなわちアポロンさまに、目に見えない角を生やしてやったのでございます。かかる錬金術をもってパスクイーノが生まれたのですが、母がどのムーサであり、父がどの詩人であるのかは、誰にもわかりません。パスクイーノは庶子《しょし》である、これだけは確かです。九人のムーサは姉妹であると言う人がいますが、事実とは異なります。そうした向きは、マントヴァ人のマイノルド(24)が骨董や宝石を鑑定するときと同じくらい適当なやり方で年代記を読んでいるのです。血のつながりがない証拠に、ムーサたちが読む言語はそれぞれに異なっています。それを裏づけるように、パスクイーノは年がら年中、ギリシア語やら、コルシカ語やら、フランス語やら、ドイツ語やら、ベルガモ語やら、ジェノヴァ語やら、ヴェネツィア語やら、あるいはナポリ語やらでお喋りをしております。パスクイーノがこのように多くの言葉を喋れるわけは、あるムーサがベルガモで生まれ、また別のムーサはフランスで生まれ、ほかにもロマーニャやキアッソ(25)で生まれたものもいれば、カリオペのようにトスカーナで生まれたムーサもいるからです。もはやお分かりになったでしょう。血を分けた姉妹が、かくも多様な混淆《こんこう》を生みだすはずはありません！　ほかのどの言語よりもトスカーナ語が好まれるのはなぜかと言えば、ペトラルカ殿がアヴィニョンでラウラ婦人に恋をしたからです。ラウラはカリオペの侍女であり、カリオペの話し方をすっかり真似ておられました。ラウラ婦人の甘い語り口がすっかり気に入ったフランチェスコ殿は、彼女に捧ぐ讃歌《ラウダ》の執筆に取りかかりました。今日にいたるまで、フランチェスコ殿に匹敵する文体を創り出したのはガエータの修道院長(26)しかいないため、誰もがフランチェスコ殿の権威に従わねばならないわけです。しかし、語る内容が真実でありさえするなら、話し方についてあれこれと思い悩む必要などありません。ミラノ人なら「パン」のかわりに「ミッカ」と言えば良いし、ボローニャ人なら「おいでになる」のかわりに「おはします」と言えば良いのです。

**道化（あらすじ）** いやあ、じつに見事な訴訟だか判決だかを、司法長官に突きつけてやったな！　まさかお前が、ここまで舌のまわる男だとは思わなかった！　いったいどんな気まぐれで、話し方について一席ぶとうなんて気になったんだ？　お前はけっしてお喋りをやめちゃだめだぜ。そうすれば、俺は一日中もも引きを握ってる羽目になって、浣腸は冷えきって、ここの連中はあらすじを半分も聞けずに終わるからな。(27)

**道化（前）** お前の言うとおりさ。サリナガラ俺は、浣腸器のなかになんの草が入っているのかシカト知りたいんだ。なぜって、もしお前が「艶やかな」とか「枝葉」とか「茜色」とか「晴朗な」とか「燦然ときらめくルビー」とか「やわらかな真珠」とか「澄みわたる言葉」とか「甘くとろける眼差し」とかを浣腸器のなかに詰めこんでたら、便秘になるに決まってるからな。釘すら呑みこむダチョウでも、この手の言葉を消化することはできないだろうよ。(28)

**道化（あらすじ）** 俺が詰めたのは大便さ。よし、お喋りはここまでだ。俺があらすじを披露するのを見物して、そのあと感想を聞かせてくれ。

**道化（前）** さあ、始まりだ。

**あらすじ**

**道化（あらすじ）** わたしは皆さまのため、滋養強壮に効果満点のあらすじを、このもも引きのなかに突っこんでまいりました。さて、その主要成分はと言いますと、涙を笑いへと変える効能を持った、シエナ人のマーコ・ディ・コエさまでございます。このお方、詩文を善くする学生でありまして、枢機卿になって教皇さまにお仕えするため、ローマまでやってまいりました。それといいますのも、このお方が頭痛を患い生死の境をさまよっていたとき、お父君がひとつ誓いを立てたのでございます。「病から立ち直った暁《あかつき》には、息子を枢機卿にして教皇さまにお仕えさせます」。願いは聞き届けられ、ご子息は健康を取り戻し、また、かつてなく見目麗しくなりました。そこで、父君は誓いを果たすために、マーコをローマへ送りだしたのでございます。マーコはアンドレアという先生[29]を指南役につかまえますが、この先生、宮廷人にならないかぎり教皇さまにお仕えする枢機卿にはなれないのだとマーコに吹きこみます。さらには、レッジョのジョアン・マネンテ[30]は型に入って宮廷人になった、などというほら話をいともたやすく信じこませ、こうした荘厳なる戯言でもって、この筆舌に尽くしがたい阿呆を浴場に連れて行き、この世でもっとも美しい宮廷人を作る型はここにあるなどと語ったのであります。かくして、羊から牛へ変化する途次[31]でマーコは、アンドレア師という奇人の知的で塩の利いた言葉のすべてを、すっかり信用してしまったのでした。毎日のように宮廷で、もっとずっと途方もない奇跡の数々が生まれるのを目の当たりにしていなかったら、ひとりの男がこれほどの頓馬《とんま》になれるなどとは、とても信じられなかったことでしょう。わたしに言わせれば、かの巨大なる象とかいう獣が遺言を書き残したことの方が、よほど驚嘆に値する出来事です[32]。宮廷にはほかにも、大理石像のパスクイーノ師[33]が喋っているのを聞いた、なんて話もあるんですよ。いやいや、それより、アックルシオとセラピカ[34]がふんぞり返って歩く姿を見た日には、わが身に聖痕を授かる思いであります。なぜって、ひとりはカラドッソの金細工師、もうひとりは犬の見張り番なんですよ。しかし、いまは倫理学[35]などうっちゃっておきましょう！

　ホメロスをめぐっては、七つの都市が論争を繰り広げました。いずれも、われこそはホメロスの出生地なりと主張してやまなかったわけです。マーコ殿をめぐっては、もっとややこしい事態が起こりました。なんとこの方は、三十以上の国から拒絶されたのでございます。友としても縁者としても、マーコが求められることはなかったのです。ミラノは粗忽《そこつ》であるという理由で、マントヴァは間抜けであるという理由で、ヴェネツィアは阿呆であるという理由で、それぞれマーコを拒絶しました。しまいにはマテリカ[36]すらもマーコを拒絶し、論争を打ち切るために、教皇庁控訴院にて訴訟が起こされたのでございます。裁判官の尽力のおかげで、ほかの案件と同じくすみやかに決着はつきました。今日では、マーコはシエナ人ということになっております。明日、もしマーコをご所望の方がおりましたら、どうぞご自由にお取りください。

　さらに、恋に落ちたパラボラーノ・ダ・ナポリの様子も、皆さまいたくお気に召すことでしょう。このお方は、宮廷におけるもうひとりのアックルシオでございます。つまり、実力によってというよりは、運命のいたずらによって、宮廷における地位を手にしたのです。パラボラーノは、ローマ人のルティオ殿の奥方であるラウラ[37]に、身を焦がすほどの想いを寄せていました。この恋はひた隠しにされていたものの、ひとりのあくどい従者が、ラウラを想って嘆きを漏らす主人の寝言を耳にしてしまったのです。こうして秘密をつかんだ従者は、ラウラさまはあなたに恋をしていますよ、とご主人に吹きこみました。ついにパラボラーノは、取り持ち女の助けを借りて婦人と契りを結びます。ところがこの偉大なる殿方は、救いがたく無様なことに、性悪というより下賤とでも言った方が良さそうなパン屋の嫁を、その腕にかき抱いていたのです。こうした騒動が巻き起こるなかで、宮廷の紳士淑女の習慣を形づくるちょっとした要素の数々を目撃しつつ、ひとつの場面でふたつの喜劇が生まれ、かつ死んでいくありさまをご覧になっても、どうか驚きになりませぬよう。なぜならコメディア・コルティジャーナ婦人は、キメラよりも歪んでおり、退屈よりも腹立たしく、貞節よりもしとやかで、調和よりも甘美であり、歓喜よりも浮かれていて、憤懣《ふんまん》よりも気が短く、茶番よりもおどけているために、彼女が真実を口にする際は、傲慢よりもっと向こう見ずであるからです。

　もし、ひとつの場面にマーコやほかの人物が六回より多く登場しても、難しい顔をなさらないでください[38]。なぜって、ローマは自由な都ですし、川面の水車をつなぎとめる鎖でも、この狂ったペテン師ども……おっと失礼、この道化たちをつなぎとめておくことはできないからです。同様に、喜劇の本筋から外れた台詞を口にする人物がいても、腹を立てられてはいけません。というのも、ここでの生活の流儀は、かつてのアテネのそれとは違うのですから。加えて、この小咄の作者は自身の流儀に固執する男であります。キエーティの司教[39]でも、この人物を改革することはできますまい。

**道化（前）**　ついにお前は、ザノッツォ・パンドルフィーニ殿[40]が言うところの、樽を杯《さかずき》の代わりにする酒飲みになりおおせたな。お前はあらすじの見事な巨匠だ、俺はばっちり便意を催してきたぞ。さあ、そろそろ脇に退《の》けよう。マーコ殿が宮廷人に変身する様子を拝見しようぜ。ほら、来たぞ、あっはっは！ああ、なんて間抜けなんだ！　あっはっは、いっひっひ！

# 第一幕

## 第一場

マーコ殿（主人）、サネーゼ（従者）

**マーコ殿**　たしかに、ローマは世界の屍都《しと》なり。(1)　もしここに来ていなかったら……

**サネーゼ**　パンに黴《かび》が生えてたとこです。(2)

**マーコ殿**　うるさい！　僕はな、もしここに来ていなかったら、ローマがシエナよりはるかにずっと美しいだなんて、けっして信じられなかっただろうって言おうとしたんだ。

**サネーゼ**　いやはや、ローマはシエナよりちょっとばかり美しくて大きな町ですよって、ちゃんと言いましたよね？　するとご主人の返事はこうでした。「いいや。シエナには大学がある、博士がいる、ブランダの泉がある、ベッチャの泉がある、広場がある、衛兵がいる。八月の半ばには、雄牛の狩りやら、ろうそくに飾られた山車《だし》やら、噴水やら、目を楽しませるものが山とある。シエナでは、抱えきれないほどのマジパンやベリココリ(3)が作られてる。皇帝が、そして、フィレンツェ人を除く世界中のすべての人びとが、僕たちを愛しているのだ」。

**マーコ殿**　お前の言っていることは本当だったんだなあ。うん、お前の言うとおり。シエナでは、あんなにきれいに着飾った男たちが、従者をつれて馬にまたがる姿を見かけることはないものな。おお、なんと素晴らしい！

**サネーゼ**　お静かに。キツツキが鳴いていますよ。

**マーコ殿**　ありゃオウムだ、この間抜け。

**サネーゼ**　キツツキですよ。オウムじゃありません。

**マーコ殿**　オウムだ。キツツキじゃない。

**サネーゼ**　ご主人さま、あなたも物分かりの悪い人だ。ご無礼をお許しくださいよ。だけどあれは、あなたのご先祖さまが三リラで買った鳥のお仲間じゃないですか。ご先祖さまは、それをオウムだと思いこんで、コルスィニャーノに贈り届けたのでしたね。『モルガンテ』にそう書いてありますよ(4)。

**マーコ殿**　『モルガンテ』はな、サネーゼよ、僕たちシエナ人のことが気に食わないんだ。それに僕は、真鍮細工師にあの鳥の羽を一本見せたんだぞ。やつはそれを、たいそう上等なオウムの羽だと言っていた。

**サネーゼ**　ご主人さま、あなたは鳥のことをご存じない。

**マーコ殿**　お前にゃ悪いが、存じてる。

**サネーゼ**　怒らないでくださいよ。

**マーコ殿**　僕は怒りたい。そうとも、怒りたいんだ。言うことを聞いて欲しいんだ、尊敬して欲しいんだ、信じて欲しいんだ。

**サネーゼ**　わたしはご主人をドゥカート金貨よりも敬ってますよ。従者らしくあなたの言うことに従います。わたしがあなたさまを信じること、マーコ殿を信じるが如しです。

**マーコ殿**　お前を許す。この話はこれで終わりだ。

## 第二場

**アンドレア師、マーコ殿、サネーゼ**

**アンドレア師**　お仕えする相手をお探しですか？

**マーコ殿**　お察しのとおり。

**サネーゼ**　こちら、マーコ・デ・コエさまでございます。

**アンドレア師**　それで、奉公先を探しているんですね？

**サネーゼ**　次の御公現の祝日の夜に、二十二歳になります。

**アンドレア師**　こっちの御仁に話をさせろ、ごろつきめ。

**マーコ殿**　僕に話をさせろ。僕より先に喋るなんて、行儀が悪いぞ。

**アンドレア師**　どんな御用でローマでいらしたのですか？

**サネーゼ**　ウェルブム・カロー[5]と聖年を見学するために。

**マーコ殿**　このほら吹きめ。僕がここにやってきたのは、皇帝かフランス王のもとで教皇になるためだろうが。

**サネーゼ**　教皇のもとで枢機卿になる、と仰りたかったんですよね。

**マーコ殿**　そうだったな、わがサネーゼよ。

**アンドレア師**　まず宮廷人にならなければ、枢機卿になることはできませんよ。そしてこのわたしは、宮廷人になる方法を指導する教師なのです。あなたさまの生地に敬意を表し、なんなりとご用命に従いましょう。

**サネーゼ**　ほら、言ったとおりでしょう？　ご主人さまは博士なのです。

**マーコ殿**　汝ニ陳謝イタシ候。

**アンドレア師**　学識をお持ちとは名誉なことです。とりわけ、ベルガモ人のあいだではね。ところで、どちらにお泊まりですか？

**マーコ殿**　ローマです。

**アンドレア師**　それはけっこう。や、わたしが訊いているのは、どちらのお屋敷か、ということでして。

**サネーゼ**　ある長い長い通り沿いです。

**アンドレア師**　お前は主人の誇りだな。

**マーコ殿**　お待ちください。世話になる方のお名前は、舌の先まで出かかっています。ボット……スコット……アルロット……スカラボット……ビリオット……チェッコット、そう、チェッコット！[6]　この人のところに厄介になります。とても聡明な方で、皇帝からもご寵愛を受けてらっしゃいます。

**アンドレア師**　ああ、あなたとお知り合いになれてほんとうに光栄です。友情の証しに、今からわたしは、宮廷人になる方法を教える書物[7]を取りに行ってきます。この本さえあれば、どんな間抜けでもバッカー

ノの枢機卿に、ストルタの司教に、トレ・カパンネの大司教になれるのですよ。(8)
**マーコ殿**　行ってください、よろしくお願いします。
**アンドレア師**　すぐに戻ります。では、チェッコットの屋敷でお会いしましょう。
**サネーゼ**　あなたのお名前は？
**アンドレア師**　アンドレアと申します。以後お見知りおきを、閣下。
**マーコ殿**　どなたのご子息で？
**アンドレア師**　「元老院とローマ市民」の。(9)では、行ってまいります。

## 第三場

**マーコ殿、サネーゼ**

**マーコ殿**　善キ名、其レハあんどれあ師ナリ。
**サネーゼ**　また始まった！　そうやって、いつもよくわからないお告げの練習をしてばかり。
**マーコ殿**　お前はなにを言ってるんだ？
**サネーゼ**　「閣下」と言ってください！　アンドレア師が「閣下」と言うのを、聞いてなかったんですか？
**マーコ殿**　僕は閣下の庇護におすがりします。
**サネーゼ**　よろしい。服をたくし上げなさい。
**マーコ殿**　こうですか、閣下？

サネーゼ　たいへん結構。帽子のかぶり方はこう。ゆったりと歩きなさい。ほらそっち、それあっち。よろしい、たいへんよろしい。

マーコ殿　故郷に錦を飾れそうかな?

サネーゼ　もちろんですとも!

## 第四場

物語を売り歩くやくざ者

やくざ者　楽しい物語だよ!『篤信王と皇帝の和解』!『囚われの王』! キエーティの司教作『宮廷改革』! 修道士マリアーノの八行詩『奇想』! ストラシーノの『牧歌』!『ガエータの修道院長の生涯』! 楽しい物語、楽しい物語だよ!『荷押し車』!『破滅した宮廷人』! お話、お話だよ[10]!

## 第五場

マーコ殿、サネーゼ

マーコ殿　走れ、サネーゼ。宮廷人になる方法が書いてある聖人伝と祈禱書を買ってこい。走れ、走れ。

サネーゼ　おーい、おーい! 殿方を宮廷人にするための本を売ってくれ。

## 第六場

マーコ殿

**マーコ殿**　絹の服をまとった女性が、敷き物に肘をついて、窓辺でたたずんでいる。なんて美しいんだろう。きっとミラノ王だかフランス公だかの妃《きさき》[11]に違いない。誓って言うが、僕は恋に落ちてしまった。ああ、ここはなんて美しい通りだろう、石ころひとつ見当たらないじゃないか！

## 第七場

サネーゼ

**サネーゼ**　聖人伝のお値段は二バヨッコ、いや二ヒヨッコか？[12]　ローマのお金はなんて名前だっけかな。半人前とはいえ、ご主人さまが博士でよかった。でないと、この土地の連中のお喋りなんて、ぜったいに、ぜーったいに理解できなかったはずだ。それにしても、もし俺が字の読み方をちゃんと知ってたら、この祈禱書を読んで、シエナのマーコ・デ・コエ殿より先に宮廷人になれたのにな。どれどれ。「おお、マードレマ・ノン・ヴォーレよ、おお、ロレンツィーナよ。[13]　ヤ……マ……ウズ……ラ……ラ……ヤマウズラ」。山鶉だ、雄鶏でも雌鶏でもないぞ、山鶉だ。「そしてわたしは物乞いに行く、び……よ……びょ……うぃん……病院へ」。なんだ、宮廷じゃないのか？　「病院」って書いてあるぞ！　さあ、今度こそつっかえずに読んでやる、なになに。

わたしは山鶉は嫌いだった、いまは草木の根っこが愛しい

だから病院へ、物乞いに行きましょう

うへえ！　ローマじゃ草の根を食べて、それから病院に行くのか。こりゃご主人さま、ローマで宮廷人になるよりも、シエナでシエナ人のままでいる方が良さそうだぞ。あれ、ご主人はどこ行った？　おーい、マーコさま？　マーコさま？　ご主人？　なんてこった、盗人《ぬすっと》がご主人さまをかっぱらったんだ！　泥棒め、ローマの司法長官(14)に頼んで磔《はりつけ》にしてやる！　おお、殿方向けの帽子をかぶった殿方たちよ、わたしのご主人はどこですか？　だめだ、誰も返事をしてくれない。ここにいるより、届けを出した方が良さそうだ。

マーコ殿

# 第八場

**マーコ殿**　従者とすっかりはぐれてしまった。自分がどこにいるのかもよくわからない。まずは歩き方を覚えて、それから外に出るのがよさそうだ。これは扉か？　違う、あっちか。いや、これか。ああ、サネーゼなしで、僕はいったいどうすればいい？

# 第九場

## パラボラーノの召使い、カッパとロッソ

**ロッソ**　俺たちのご主人は世界でいちばん偉大なろくでなしで、尊敬すべきごろつきで、しかも堂々たる下《げ》種《す》野郎だな。ほんの三年前までは、いまの俺たちと同じように、馬の手綱を引いてせかせかと歩いてたくせにさ。

**カッパ**　あの人が騾馬《らば》を引く従者だったころ、その姿を見たことがあるよ。それがいまじゃ、手袋をはめたって、自分の手では金粉にさえ触れようとしない。もし神さまが俺たちのご主人に仕えたとしても、あの方はきっと満足しないだろうよ。ご主人が召使いに親切にしたことなんか一度もないさ。たったひと月のあいだに、次から次へと新しい下僕を試してはくびにするんだからな。今月のはじめのこと、あのお方のお気に召そうと、ひとりの哀れな男が精いっぱい熱心にお仕えをしてたんだ。するとご主人はこう言った。「お前は俺には向いてないな。もっときつい仕事にも耐えられるやつが必要なんだ。俺がお前のためにしてやれることがあるなら、遠慮なく言ってくれ。ともかく、お前は俺の従者には向いてないよ」。

**ロッソ**　お前の言いたいことはよく分かる。そういう卑劣な手口を使って、従者の奉仕をしっかり受けつつ、給金は払わずに済ませるんだろ。

**カッパ**　ほかにも、同情せずにはいられない下僕がいてな。気の毒に、ご主人の服を脱がせたり着せたりし

ているうちに、ある聖年から次の聖年までよりもっと長い時間が過ぎてしまったんだ。あの悪党が尻拭き紙を銀の皿で運ばせて、自分が用を足す前に従者に使い心地を試させてるところを見たときには、はらわたが煮えくり返ったね。あんなやつはくたばったらいいんだよ！

**ロッソ**　ミサでは小姓が、ご主人の唱えるパテルノステルに耳を澄まして、ひとことも聞き漏らすまいとする。向こうがなにかつぶやくたび、応答の文句を返して、スペイン風に恭しくお辞儀するんだ。聖水を手にするときも同じ具合で、さっきの小姓がまずは自分の指にキスをする。それから、その指を祝福された水に浸けて、ご主人の目の前にかざす。すると、あのみっともない悪党は、自分の指を小姓のほうに差し出して、額の前でたいそう仰々しく十字を切るってわけだ。

**カッパ**　おお、神よ、あの男はカプアの修道院長(15)よりも下劣です！

**ロッソ**　足を掻くときも髭を撫でつけるときも、手を洗うときも馬に乗るときも、気取った振る舞いをせずにはいられない性質《たち》なんだよ。

**カッパ**　なあ、夜更けにまさかりを持って、あの極悪人の脳天を叩き割ってやらないか？

**ロッソ**　そんな目に遭ったとしても、自業自得だよな。まあ、しばらく様子を見てみよう。そのうち、俺たちへの態度が変わるかもしれん。もし変わらなかったら、そのときはそのときだ。

## 第十場

フラミニオ（盾持ち）、ヴァレリオ（従者）

**ヴァレリオ**　おい、フラミニオ、聞いていたか？　酔いどれめ、悪党め、盗人め、裏切者め！　よくもまあ、自分の主人をあんな風に言えたものだ。

## 第十一場

ロッソ、ヴァレリオ

**ロッソ**　やあ、ヴァレリオ、驚かせてしまったみたいだな。お前さんとフラミニオがそこで話を聞いてたことは、俺もカッパもわかってたさ。二人してご主人を罵ったのも、ちょっとした冗談のつもりだったんだ。あのお方が善良で高潔な人物だってことは、誰だって知ってるものな。

**ヴァレリオ**　恥知らずの卑劣漢め、まだ口を利く度胸があったか。お前もだ、カッパ。貴様なんぞに絞首台はもったいない。いまから俺が心臓を引きずりだしてやる。浅ましい大食らいども、淫売屋にでもしけこんでろ！　ふざけやがって、ふざけやがって、俺は心底お前らを……

**ロッソ**　そう怒るなって、頼むから。

# 第十二場

フラミニオ、ヴァレリオ

**フラミニオ**　誓って言うが、近ごろの殿方にはロッソやカッパのような召使いがお似合いだよ。立派な従者より、自分の同類に近くにいてもらう方がずっと嬉しいんだ。いったい何度、ロッソを誉めるご主人の言葉を聞いたことか。「ロッソは作法を心得ている。忠実だし行儀も良い」だとさ。

**ヴァレリオ**　嘘つきに酔いどれ、毒舌家、大食らい、盗人、偽善者……その手の連中を行儀が良いと言うのなら、ロッソは神のごとき従者だよ。いやはや、なんて世の中だ！　紳士のなかの紳士とも呼ぶべき方々が、雉《きじ》をさばいたり、ベッドをきれいに整えたり、主人に飲み物を差し出すときに上手にお辞儀したりできる連中のことを、「作法を心得ている」なんて言うんだからな。学者がギリシア語やラテン語を習得するより、ロッソのような輩が宮廷で出世する方がよほど早いんだ。大事な便りをそつなく届けて、主人に感謝されるうちに、忍耐を覚えて謙虚になるどころか、ますます増長する始末。ああ、まったく、いまいましいよ！

**フラミニオ**　ちょうど一時間ほど前、別の主人がジュリオのことを、あいつは平民だからと言って非難してたな。その御仁によれば、われらが主人のパラボラーノさまが、下賤な召使いを重用していることはたいへんな間違いなんだそうだ。そう言って、高貴でこの上なく古いご自分の家柄を自慢してたよ。

**ヴァレリオ**　フラミニオ、最近はこんな言いまわしも効き目がなくなってきてるんだぞ。「わが家系からは、あの猊下《げいか》やらこの殿下やらが輩出されております」。いまはもう、一族の事績ではなく自分自身の事績によって、優れた人間であることを示さなければいけないんだ。血の高貴さだけが人に名誉をもたらし、当人が何者であるかはなんら問われないとしたら、キプロス王やフィオッサの君主[16]もここまで落ちぶれはしないだろうし、マケドニアの君主になったコンスタンティーノさま[17]がファーノの統治を任されることもなかったはずさ。

**フラミニオ**　年代記やら碑文やら、先祖の功績に由来する特権やらには、じっさいたいした価値はないな。ユダヤ人のラファエーレなら、高貴な記憶を担保にしたところで、二バヨッコも貸そうとしないに決まってる。ローマの住人からしてみれば、相手が高貴かどうかなんて些細な問題だ。ロマネッロにとって、救世主《メシア》の到来が今日だろうが明日だろうが関係ないのといっしょだよ[18]。

**ヴァレリオ**　よくわかってるじゃないか。幸運の女神まで、ギリシア人やトロイア人の血を嗤ってるよ。たいていの場合、枢機卿や教皇はハドリアヌス先生の末裔[19]なんだ。

## 第十三場

**パラボラーノ、ヴァレリオ（パラボラーノの従者）**

**パラボラーノ**　おい、ヴァレリオ？

**ヴァレリオ**　ご主人さま、ただいま参ります。じゃあな、フラミニオ。

**パラボラーノ**　ロッソを呼んでくれ。

ヴァレリオ　ずいぶんとロッソをご贔屓《ひいき》になさる。ついさっきも、あの男はあなたにたいして、罪人に科す拷問でも罰しきれないほどの罵倒を並べていたというのに。
パラボラーノ　そうかい、そいつは一大事だ。お前もわかってると思うが、ああいう手合いに貶されたところで名誉に傷はつかないし、褒められたからといって箔がつくわけでもないだろう？
ヴァレリオ　承知していますとも。しかし、あなたをはじめとする高貴な方々が、ロッソやその同類を崇め奉っていることも事実でしょう。ほら、来ましたよ。なんて厚かましい面構えだ！
パラボラーノ　部屋を片づけに行ってくれ。ロッソ、お前は俺といっしょに来い。

## 第十四場

パラボラーノ、ロッソ

パラボラーノ　どこにいたんだ？
ロッソ　ご主人さまの名誉をお守りするため、居酒屋に行っておりました。別嬪《べっぴん》のアンジェラ・グレーカ(20)を見かけましたよ。
パラボラーノ　どんな様子だった？
ロッソ　スペイン人のドン・チェリモニーアとお喋りしていました。どこだかのブドウ畑に夕食を取りにいくそうです。わたしは隣で、マシーノの猫のようにしていました。
パラボラーノ　「マシーノの猫のように」って、どんな風なんだ？

**ロッソ**　うっかり鼠をつかまえないよう、ぎゅっと目を閉じているんです。
**パラボラーノ**　別の炎がわが身を焦がしてくれれば、うんざりすることもなく生きられるのに。
**ロッソ**　とどのつまり、立派な殿方を喜ばせても無駄なんですよ。最後にはいつだってうんざりするんだから。
**パラボラーノ**　おお、俺が崇めるあの方が、俺をうんざりさせることなどありはしない。どのみちあの人は、眼差しひとつも恵んではくれないのだから。
**ロッソ**　ご主人は満腹になるのが早すぎるって、前にも言いませんでしたか？
**パラボラーノ**　そろそろ黙れ。俺の話を聞け。
**ロッソ**　そろそろ話してください。聞きますから。
**パラボラーノ**　チェッコット氏の邸宅は知ってるか？
**ロッソ**　頭のいかれたあの男ですか？　もちろん知ってます。
**パラボラーノ**　いかれていようが切れ者だろうがどうでもいい。そこに行って、シエナ人のマーコ殿に挨拶してこい。俺の父親がシエナで勉強していたころ、マーコ殿の父君にえらく世話になったらしい。ただ、手土産をどうするか決めかねていてな。
**ロッソ**　四匹の亀をお送りなさい。
**パラボラーノ**　この抜け作、俺のような男が、贈り物に亀を選ぶか？
**ロッソ**　では、二匹のトラ猫を送ればよろしい。
**パラボラーノ**　能なしめ、猫を食って旨いと思うか？

**ロッソ**　アーティチョークを十株も送ってやれば、先方はご主人の僕《しもべ》になるでしょう。

**パラボラーノ**　ペストにかかって死ね！　うすのろめ、この季節にアーティチョークが手に入るわけないだろうが。

**ロッソ**　「マンジャグエルラ」[21]を二瓶お送りしてはどうですか？　「野兎亭」の主人のリッチョなら、最高のボトルを持ってますよ！

**パラボラーノ**　この愚図、マーコ殿がお前みたいな呑み助だとでも思ってるのか？　もうたくさんだ。この十スクードで八目鰻《やつめうなぎ》を買ってこい。つまらないものですが、よろしければお召し上がりくださいと伝えろ。あとは二言三言、気の利いた言葉を付けくわえとけ。

**ロッソ**　二言どころか、八千言だって申し上げられますよ。どうして誰も、わたしをアラブの王朝へ使節として遣わさないのか、いつも残念に思っているんです。そんなことになれば、少なくともわたしにとっては、たいそう名誉なことなのですが。わたしはこんな風に言ってやりますよ。「親愛なる殿下よ、尊師よ、陛下よ、教皇よ、フランス王よ、令名高きあなたさまよ、父なるキリストに仕える司教よ、神父よ、全知全能の神よ、人の姿をした神よ」とかとか。そしてこんな風にお辞儀したり、今度はこうやってお辞儀したり、お次は軽く頭を下げたりと、万事がこの調子です。

**パラボラーノ**　もう失せろ、脳みその腐ったやつとは話したくない。出かける前に、この服をヴァレリオのところに持っていけ。俺は厩舎《きゅうしゃ》に行って、ヴェルッキオ伯爵[22]が贈ってくれたトルコの馬を見てくる。

# 第十五場

**ロッソ**　絹の服を着たらどれだけ立派に見えるか、試してみたいもんだな。ああ、こんな洒落た恰好で歩いたら、道行く人びとの注目を集めるに違いない。その様子を眺めるためなら、どんなに高価な鏡でも買ってやるのに。貴人と呼ばれてる連中のなかにだって、もしも身なりが貧相なら、猿か狒狒《ひひ》みたいに見えるやつがたくさんいるさ。手ヲ差シ伸バシ、お偉方から金や服をくすねないとは、まったく俺もどうかしてるね。パラボラーノとかいう悪人に仕えていたら、これから先の数千年、一ドゥカートも恵んでもらえないに決まってる。主人という名の盗人から、なにか盗みかえしてやれば、みんなが俺の手を褒めそやすはずだ。なにしろ、主人どもは俺たちの肉体と魂をくすねてるんだからな。それはそうと、ちょうどいいところに魚売りがやってきた。俺が仕える悪党、もとい、ご主人にたいしては、あとでたっぷり意趣返しをしてやろう。俺の同類が前に使っていた手口を、あの魚売りに試してやれ。教会の食糧係のふりをして、魚売りを聴罪司祭のところに連れていくんだ。このあたりじゃみんな知ってる笑い話だ。

# 第十六場

ロッソ、魚売り

**ロッソ**　ここにあるので全部か？
**魚売り**　さようで。ほかの魚は今しがた、マリアーノ神父のところの食糧係が買っていきました。
**ロッソ**　よし、わかった。今後はお前が獲った魚は、ぜんぶ俺のところに持ってこい。お前は善人のようだから、俺が常客になってやる。
**魚売り**　これはこれは……おお、閣下……思ってもみないことで……なんという心遣い……どうぞよろしくお願いいたします。
**ロッソ**　たいへんけっこう。それで、ここの魚にはいくら払えばいい？
**魚売り**　八スクードほどいただければ幸いに存じますが、閣下にお任せいたします。わたしが貧しいからといって、お気になさる必要はありません。こう見えても、心は豊かなのです。
**ロッソ**　六スクードが妥当だろうな。それでも払い過ぎなくらいだ。
**魚売り**　結構でございます、閣下。
**ロッソ**　それにしても、俺の従者は騾馬《らば》を連れてくるのにどれだけ時間をかけてるんだ？　くそ、穀潰しの不良どもめ、シスト橋(23)に送ってやるぞ！
**魚売り**　閣下、どうか腹を立てずに。魚はわたしが運びますから。

**ロッソ**　忝《かたじけな》シ。俺は騾馬を連れてこいと言ったのに、それをあいつら、ジャネット〔アンダルシア馬〕と勘違いしたようだ。あの馬は気性が荒くて、鞍を置くのもひと手間だからな。

**魚売り**　閣下の仰るとおりかと存じます。

**ロッソ**　とにかく行こうか。従者たちには途中で会えるだろう。それで、お前の名前は？

**魚売り**　ファチェンダと申します。ポルタ・ピンティ界隈で生まれたフィレンツェ人で、サン・ピエトロ・ガットリーニに暮らし、ボルゴ・アラ・ノーチェに二人の姉妹がおります。どうぞお見知りおきを。

**ロッソ**　ズボンを一枚、俺のお仕着せに似せて仕立てておけ。

**魚売り**　過分な思し召しにございます。どうか、それ以上はお気遣いなく。

**ロッソ**　ところでお前はコロンナ派か？　それともオルシーニか(24)？

**魚売り**　包み隠さずに言うならば、勝った方の味方にございます。

**ロッソ**　賢明だな。ズボンだが、右は縞模様、左は無地一色にするんだぞ。

**魚売り**　仰せのとおりに、閣下。

**ロッソ**　お前が魚を売っている場所には、うちの家紋を描いておくんだ。

**魚売り**　どのような柄でしょう？

**ロッソ**　青地に金の梯子《はしご》だ。やや、これは運が良い。あいにく手持ちの金が足りなかったんだが、あそこに我が家の執事がいる。ほら、サン・ピエトロ大聖堂の入口のところだ。代金はあの男が払ってくれるだろう。

**魚売り**　じつにありがたいめぐり合わせですな。

**ロッソ**　ここで待っていろ。すぐに戻る。

# 第十七場

**ロッソ、聖具室係**

**ロッソ**　神父さま、あそこに哀れな男がおります。居酒屋の「ルナ」で、妻が悪魔に憑りつかれ、狂ったように騒いでいるのです。そこで、神父さまにおすがりいたします。どうかあの男の妻を柱にくくりつけ、その体に巣くう悪魔を、神の名のもとに追い払っていただけないでしょうか。女の体には十もの悪魔が住みついているようで、あらゆる土地の言葉を話します。あそこの気の毒な男も、すでになかば悪魔に魅入られております。

# 第十八場

**聖具室係、ロッソ、魚売り**

**聖具室係**　哀れな男がこちらへやってきたな。〔魚売りに向かって〕さて、わたしはこちらの友人に少しばかり話がある。それが終わったらすぐに、善意をもって我が務めを果たすことにしよう。

**魚売り**　感謝いたします。

**ロッソ**　もう心配いらないぞ。じゃあ、鰻をもらおうか。それと、ユリウス銀貨(25)を四枚ばかり渡しておこう。

ズボンの仕立屋に、手付金として渡しておけ。

**魚売り** 閣下、身に余るご厚情に言葉もありません。それで、どんなズボンに縞を入れたらいいのでしょう？

**ロッソ** お前の好きなようにしろ。

**魚売り** ああ、行っちまった。しかしあの執事、ずいぶんと長話だな。パン抜きで過ごす一日より長く感じるぞ。早くしてくれ、さもなきゃ病気でおっ死《ち》んじまえ！ 待った分だけ駄賃をくれるってんなら、好きなだけお喋りしててもいいけどな。そっちが八スクード払ってくれるなら、俺は喜んで四スクード差し出すさ。まったく、抜け目のない食糧係どもめ！ やい、執事よ、いい加減にしろ！

# 第十九場

**聖具室係、魚売り**

**聖具室係** おい、きみ、聞こえないのか？

**魚売り** はいはい、ただいま、わたしは閣下の僕《しもべ》でございます。

**聖具室係** もう心配はしなくてよろしい。きみの望みを叶えよう。

**魚売り** 閣下がわたしに、少しでも善行を施してくださるというのであれば、どうかお恵みを賜りたく存じます。こちらには、ほとんど同じ大きさのちびすけが四匹おります。

**聖具室係** それで、何体いるのだ？

**魚売り**　ですから、四匹です。
**聖具室係**　昼のやつか？　それとも夜か？
**魚売り**　昨晩から今日の昼にかけてです。
**聖具室係**　名前は？
**魚売り**　ご存知ないのですか？　八目鰻です。
**聖具室係**　違う、違う、そうじゃない。きみの奥方はなんという名前で、彼女に何体の悪魔が憑りついているのかと訊いているんだ。
**魚売り**　ずいぶんと暇を持て余していらっしゃるようだ。主があなたをお守りくださいますよう！　わたしのように、明日のパンのことだけ考えてたらどうですか。そうすれば、そんな悪ふざけを思いつくこともありませんや。
**聖具室係**　悪態のつき方は父親から受け継いだのか？
**魚売り**　たっぷりの悪態を譲り受けましたとも。父親が、貧しいわたしを残して死んだときにね。
**聖具室係**　父君のために、聖グレゴリウスのミサ(26)をあげなさい。
**魚売り**　ええ、あげましょう、このクソッタ……いや、失礼。いったいぜんたい、聖グレゴリウスのミサと八目鰻になんの関係があるのですか？　執事殿、わたしは代金を支払ってほしいんです。払わないなら、教皇さまに訴え出ることも考えますよ。
**聖具室係**　修道士たちよ、この男をつかまえてくれ。おい、じっとしているんだ。悪魔ハ此処《ここ》ニ住メリ。さあ、十字を切りなさい。

**魚売り**　やめろ、離せ、インチキ修道士ども！
**聖具室係**　なんと、噛みついてきたぞ。悪魔め、わたしが追い払ってやる。
**魚売り**　ろくでなしども、乱暴する気か？
**聖具室係**　教会のなかに連れていって、聖水をかけてやれ。
**魚売り**　ちくしょう、お前らなんかくたばっちまえ！　俺に悪魔が憑いてるだって？　この俺に？
**聖具室係**　イト高キ救イニヨリ、お前は悪事を働くことなくこの男から出ていくだろう。おい、悪魔よ、どこから男のなかに入りこんだ？　返事をしろ。
**魚売り**　尻から入ったんだよ、尻からな。お前の尻にヘラクレスの棍棒を突っこんでやる！

## 第二十場

**カッパ、ロッソ**

**カッパ**　えらく楽しそうだな、ロッソ。腹を抱えて笑い転げるなんて、なにがそんなにおかしいんだ？
**ロッソ**　自分の仕掛けたペテンを笑ってるんだよ。バガテル(27)の名人でも見抜けないほど、巧みな手際でやってのけたぞ。お前には、あとでゆっくり話してやるさ。俺はこの服をご主人に届けなきゃならん。その後で、この鰻を持って、とある御仁のもとへ伺うんだ。またあとで、「野兎亭」で落ち合おうぜ。
**カッパ**　早く戻れよ。
**ロッソ**　わかってるって。

# 第二十一場

魚売り、カッパ

**魚売り**　ローマの頓馬《とんま》め！　ここは楽園だなんて言ったのはどこのどいつだ？　子供だましもいいところだ。

**カッパ**　おい、ファチェンダ、どうかしたのか？

**魚売り**　ああ、ローマでは盗み騙《たか》りが、どれほど栄えていることか。それで、鴨になったのは誰だと思う？　フィレンツェ人さ。同じことをシエナ人にしてみろ！　武器の持ち出しを禁じる通達を、ひっきりなしに出す羽目になるぞ。

**カッパ**　どんなひどい目にあったのか、話してくれよ。

**魚売り**　こういうわけだ。とある手口に引っかかり、俺は鰻を騙しとられた。どんなやり口だったかは、恥ずかしいから言いたくないがね。それから、悪魔憑きのように柱に縛りつけられたんだ。「ランプを消しなさい、扉を叩きなさい、人に悪さをしてはいけないぞ……」。俺はさんざっぱら殴られた上に、髪をすっかりむしりとられた。寝取られ修道士め、男色家め、追いはぎめ。くそっ……ちくしょう……さっきのがめつい神父をとっつかまえたら、鼻を食ってやる、目を潰してやる、舌を引っこ抜いてやる。ローマも、宮廷も、教会も、そこにいるやつらもそれを信じてるやつらも、みんなまとめて呪われろ！

**カッパ**　なんてこった、ひどいペテンにかかったんだな。聞いてるうちに、自分の身に起きたことのように思えてきたよ。俺にできることがあれば、なんでも言ってくれよな。

**魚売り**　ありがとう。ローマだか豚舎《とんしゃ》だか知らないが、俺はもう、この町とはおさらばするよ。もし、もし、いつの日かフィレンツェでローマ人を見かけたら……ああ、もうやめだ。

# 第二十二場

**パラボラーノ、ヴァレリオ**

**パラボラーノ**　いい加減、生きるのが嫌になってきた。

**ヴァレリオ**　生への憎しみは、わたしたち召使いが抱くものでしょう。

**パラボラーノ**　お前には、俺を苦しめているものがわからないんだ。

**ヴァレリオ**　往々にして、恵まれ過ぎていることが倦怠の原因なのです。あなたのような方が不平を漏らすのを聞いていると、やり切れない思いがしますよ。他人のパンにすがらねば生きていけない、わたしの同類たちのことを考えてみてください。麦わらにつまずきでもしたら、首の骨を折ってあの世行きです。

**パラボラーノ**　そんな連中のことは知らん。

**ヴァレリオ**　他人に仕えることを生業《なりわい》とする人間にとって、自分の願いが叶うかどうかは修道士の気分次第です。あなたもそんな境遇に置かれたら、わたしの言っていることがわかりますよ。

**パラボラーノ**　おお、嫉妬深き幸運の女神よ！

**ヴァレリオ**　幸運とはあなたたち貴人であり、貴人こそが幸運なのです。鞍《くら》と鐙《あぶみ》から悪徳と無知を取り上げ、鞍と鐙に美徳を置くのが、あなたたちの仕事でしょうに。

パラボラーノ　俺はもうだめかもしれない。
ヴァレリオ　いったいなにをお望みですか？
パラボラーノ　わが苦しみにたいする報いさ。
ヴァレリオ　その報いとやらを、どこの誰に所望するつもりですか？
パラボラーノ　俺はどこにいるんだろう？　せめて手紙か、使者の言付《ことづ》けでもあればなあ！
ヴァレリオ　どこ宛ての手紙のことを言っているんですか？
パラボラーノ　俺がいるところだよ。
ヴァレリオ　どうやら、もう手遅れのようです。
パラボラーノ　なぜだ？
ヴァレリオ　なぜなら、わたしの見たところ、あなたはここにも、他の場所にもいないからです。
パラボラーノ　ああ、俺を助けてくれ。
ヴァレリオ　胸の裡《うち》を明かしていただけないかぎり、助けようがありません。
パラボラーノ　高価な壺には、どれほど多くの毒が潜んでいることか。さあ、家に入ろう。

## 第二十三場

アンドレア師

アンドレア師　あのシエナ人に主人をあてがって、俺はその家庭教師役に収まろう。こいつは傑作だぞ！

学識者を名乗ったからには、八月までにはあの男が縄でしっかり縛られるように、せいぜい励まなくちゃならんな。ことによったら、あの男だけでなく、俺の父親にだって一杯食わせてやるさ。世の中には、どこか遠くへ脳みそを置き去りにしてきたいと望んでるやつがいる。そういう連中のために馬を借りてきてやれば、立派な慈善事業になるわけだ。俺が思うに、誰かを発狂させることこそ、この世に存在するもっとも大きな施しだよ。「配慮する」とか「便宜を図る」の間違いじゃないかって？　いやいや、間違いなもんか。脳みそが逃げだすなり、その男の頭のなかは、広々とした領地やら、卓越した事績やら、劇的な勝利やら、ローズマリーのような花が月ごとに咲きこぼれる庭やらでいっぱいになる。こうした手合いは、信じてもらったり、褒めてもらったり、なにか言うたびに同意してもらったりするだけで、それはもうご満悦なんだ。こいつらは、皇帝がチェッコットに与えた境遇を、自分の境遇と交換したいなんて夢にも思わない。おや、あそこにいるのは、お頭《つむ》の足りないわが教え子じゃないか。扉の前で、棒杭《ぼうくい》みたいに突っ立ってるな。誓ってもいいが、儀式係を見つけたら、あの男を狂人の目録に載せてやるぞ。そうすれば、皇帝の覚えめでたき尊きシエナの名誉と栄光を讃えるために、あの男を記念する壮麗な祈禱を捧げられるからな。

## 第二十四場

マーコ殿とアンドレア師

**アンドレア師**　おお、閣下、こんなところにいらっしゃいましたか。

**マーコ殿**　こんばんは、どうぞ良いお年を。もう会えないかと思いました。ついさっき、従者ともはぐれてしまったのです。

**アンドレア師**　わたしのことをご記憶いただいていたとは恐悦至極に存じます。さて、これが例の本です。なかに入りましょう。手はじめに、すばらしく甘美な一節を読んでさしあげますから。

**マーコ殿**　ああ、師よ、お願いします。どうかいますぐ、なにか宮廷風の作法を教えてください。

**アンドレア師**　喜んで。では、大きく目を開いてください。なにしろ、良き宮廷人であるためにいちばん大切なのは、冒瀆の仕方を学んで異端になることですから。

**マーコ殿**　そんなの嫌です。地獄に堕ちて、ひどい目に遭うじゃないですか。

**アンドレア師**　地獄ですって？　ローマでは、四旬節に首を吊っても罪にはならないことをご存じないのですか？

**マーコ殿**　へえ、ほんとうですか？

**アンドレア師**　もちろんですとも。そして、ローマにやってきた者は誰でも、宮廷に出入りするなり、事情に通じた人物だという印象を与えるために、なにがあろうとけっしてミサには行かなくなり、口を開けばかならず聖母を罵るようになるのです。

**マーコ殿**　なら僕は、モデナの恥丘長官(28)のことも罵った方がいいんですね？

**アンドレア師**　そういうことです。

**マーコ殿**　でも、異端になるにはどうしたらいいんですか？　これは難題ですよ。

**アンドレア師**　誰かがあなたにこう言ったとしましょう。「ダチョウはラクダである」。そうしたら、こう答えてください。「信じません」。

**マーコ殿**　信じません。

**アンドレア師**　誰かがあなたに、修道士には良識が備わっていると信じこませようとしてきたら、その人物をばかにするのです。

**マーコ殿**　ばかにします。

**アンドレア師**　誰かがあなたに、「ローマにだって幾ばくかの良心がある」と言ってきたら、笑ってやりましょう。

**マーコ殿**　あっはっは！

**アンドレア師**　要するに、誰かがローマの宮廷を誉めているのを聞いたらかならず、「お前の言うことは間違っている」と言ってやるわけです。

**マーコ殿**　「恥知らずの嘘つきめ」と言う方が良くないですか？

**アンドレア師**　名案ですね、そちらの方が短くて簡単だ。さあ、これで初歩は済みました。お次はバルコ、テルミネの樽《たる》、コロッセオ、凱旋門、テスタッチョ(29)をはじめとして、それを見るためなら盲《めくら》も目玉を差し出すと言われている、数えきれないほどの名所旧跡についてお教えしましょう。

**マーコ殿**　コロッセオってなんですか？　そりゃ、甘いんですか、酸っぱいんですか？

**アンドレア師**　ローマでいちばん甘く、あらゆる市民から敬意を捧げられているものです。他とは年季が違いますよ。

**マーコ殿**　凱旋門のことは年代記で読みましたし、聖書で挿絵も見たことがあります。ずっと昔の遺跡ですよね。それにしても、遺跡ってやつはみんなほら穴なんですか？

**アンドレア師**　場合によりけりです。いま言ったようなことを学んだら、パスクイーノ師[30]のもとで実地修行とまいりましょう。しかし、パスクイーノ師の本質を学びとるのは、簡単な話ではありませんよ。あのお方は、切れ味抜群の舌を持っていますからね。

**マーコ殿**　そのパスクイーノ師は、どんな仕事に就いてらっしゃるんですか？

**アンドレア師**　レベックを奏でる三流詩人です。

**マーコ殿**　詩人ですって？　詩人なら、ひとり残らずみんな知ってます。僕も詩人なんですよ。

**アンドレア師**　おや、そうでしたか。

**マーコ殿**　そうですとも！　お聴きください、僕を讃えるために書いた讃歌《ラウダ》のなかのエピグラムです。

**アンドレア師**　では、どうぞ。

**マーコ殿**　しるうぁーぬすノ技芸ヲ始メニ熱望セシ霊魂ガ

神ナラバ　儚キ病ノモトデ愉シム勿レ

汝ノぺねろぺノ顔色ニ　過度ノ信ヲ置クベカラズ

てぃてゅろすヨ　開カレシ韻律ノ汝　妻ハ男タチト共ニアラズ

**アンドレア師**　（なんて文体だ！　ひどすぎる！）

**マーコ殿**　突然ナル死ニ　世界ハ一度　満チ満チテ共ニ行ク

我ラ三人　戦ニ臨ミ　黒キ苔桃ヲ盗マレル

噫《ああ》　美シキ少年ヨ　汝ハ葦笛ニヨリ女神ヲ思フ

だめたヨ　云ウベシ　ぶなノ木陰デ安ラウベシト[31]

**アンドレア師**　（狂人の霊感とはたいしたものだ！）

**マーコ殿**　先生、僕の学識もなかなかのものでしょう？

**アンドレア師**　質札の読み方を教える金貸しよりも、よほど聡明ですね。請け合いますが、あなたの詩をお譲りいただければ、わたしはたいそう裕福になれますよ。ルドヴィーコ・ヴィチンティーノとラウティチオ・ダ・ペルージャ[32]のところに持ちこんで印刷させたら、わたしはたちまち王様だ。しかし、いなくなった従者の代わりに、別の従者を見つけないといけませんね。というのも、わたしはあなたに、恋に落ちてほしいのです。

**マーコ殿**　僕はあるご婦人に恋をしました。僕は金持ちです。先生の望むとおりのことをします。

**アンドレア師**　金持ちなら家を建て、服を仕立て、馬を買うと良いでしょうね。それから、ぶどう園で仮面舞踏会を開こうじゃありませんか。偉大なる我が主よ、行キ給エ。（あっはっはっは！）

# 第二幕

## 第一場

ロッソ、カッパ

**ロッソ**　居酒屋に来たことがないやつは、天国を知らないのと同じだな。おお、麗しの居酒屋よ、はたしてお前は、世間に対して横柄に振る舞ったりするだろうか？　いいや、むしろ、お前は誰が相手でも、主人に仕えるように尽くしてくれる。お前が周りの連中にお辞儀する姿は、なんと恭しいことか。いいか、カッパよ、もし俺に子供ができたら、居酒屋で行儀や美徳を学ばせるぞ。

**カッパ**　そいつはいいな。

**ロッソ**　おお、鶫《つぐみ》、腸詰め、鶏肉でいっぱいの焼き串は、なんと優美な音色を奏でることだろう。線香だか竜涎香《りゅうぜんこう》だかが詰まった、乳離れも終えていない仔牛の肉は、なんと芳しい香りを放つことだろう。

**カッパ**　同感だよ。もし香水屋の隣に居酒屋があったら、みんな麝香《じゃこう》の匂いに嫌気が差すだろうな。

**ロッソ**　愛は甘美であり、愛について語ることもまた甘美であるとか吐《ぬ》かす輩がいるが、間抜けとしか言いようがないね。甘美ってのは、溜め息も嫉妬もなしに味わえる旨い食事のことさ。わかるか？　俺たちのご主人がたいそう褒めそやしてるカエサルが、凱旋門に飽きてしまって、居酒屋のなかで凱旋行列を組んだなら、兵士たちは門の下をくぐるよりよほど喜ぶだろうよ。

**カッパ**　違いないね。

**ロッソ**　あらゆる種類の肉や魚が焼かれ、もうもうと煙が立ち上る光景は、なんと壮麗にして陽気なのだろう。食卓が整えられていく様子は、なんと美しい眺め《ベルヴェデーレ》なのだろう。誓って言うが、もし俺がベルヴェデーレを作ったあの教皇(1)だったら、自分の金は居酒屋で使って、少なくとも月に一度は、柱廊だの、絵画に彩られた広間だのとは違う美しい眺め《ベルヴェデーレ》を楽しむだろうな。

**カッパ**　ロッソよ、この八目鰻は天使の口にこそふさわしいな。俺は別に、馬丁《ばてい》から御大尽に成り上がったやつを羨ましいとは思わない。しかし、ブランディーノやモーロ・デ・ノービリ(2)のような連中が、この神聖なる食い物で腹を満たしているところを見ると、胸が張り裂けそうになって、悔しさのあまり魂に牙を立てられているような気分になるんだ。

**ロッソ**　そりゃそうだ、八目鰻が絶品だってことはみんな知ってる。もしあの魚売りに見つかったら、文句を言われる前にぜんぶ平らげてやろう。

**カッパ**　あんなやつは放っておけよ。喧嘩や決闘とは無縁の俺だが、この八目鰻のためだったら、一日に百回殺されたって構わないな。それはそうと、ヴァレリオに呼ばれてるんだった。またあとでな。

# 第二場

**マーコ殿、アンドレア師、グリッロ（マーコの従者）**

**アンドレア師**　その服、たいへん良くお似合いですよ。あたかも、シャルルマーニュに仕える十二勇士のごとし！

**マーコ殿**　冗談がお上手だ、いや、ほんとにお上手。

**アンドレア師**　わたしがお教えしたことを、しっかり覚えてらっしゃいますね？

**マーコ殿**　なんだってできますよ。

**アンドレア師**　では、公爵になってください。

**マーコ殿**　こうして……ああして……こんな風に……うわあ、こけちゃった。

**アンドレア師**　さっさと立て、このうすのろ！

**マーコ殿**　マントと服に、覗き穴を開けてください。真っ暗じゃ公爵になれません。

**アンドレア師**　ああ、そうでしたね。では、殿方にはどんな風に返事をしますか？

**マーコ殿**　御手にキスをいたします。

**アンドレア師**　ご婦人には？

**マーコ殿**　この心臓は、僕のものです。

**アンドレア師**　気の置けない友人なら？

**マーコ殿**　ああ、誓うとも。
**アンドレア師**　聖職者が相手のときは？
**マーコ殿**　神にお誓いいたします。
**アンドレア師**　よろしい、じつにけっこう。で、従者にはどう命令しますか？
**マーコ殿**　騾馬《らば》をあっちに引いていけ、服をこっちに持ってこい、できなかったら叩き殺すぞ！
**グリッロ**　アンドレア先生、どうかお暇をください。こんな性質《たち》の悪い御仁に仕えるのはごめんですよ。
**マーコ殿**　なあ、グリッロ、ただの冗談じゃないか。僕は宮廷人の作法を学んでるだけだ。ほんとうに殴る気はないよ。
**アンドレア師**　では、行きましょう。これからボルゴ・ヴェッキオ、コルテ・サヴェッラ、トッレ・ディ・ノーナ、それにシスト橋とディエトロ・バンキを見学します(3)。
**マーコ殿**　ボルゴ・ヴェッキオ氏は、ひげを生やされてますか？
**アンドレア師**　あっはっは！
**マーコ殿**　トッレ・ディ・ノーナは、九時課《ノーナ》だけでなく晩禱の鐘も鳴らすんでしょうか？
**アンドレア師**　終禱の鐘だって鳴らしますよ、吊るし責めの刑のときにね。そのあとでサン・ピエトロに行って、松ぼっくり、小舟、墓、それに尖塔を見ましょう(4)。
**マーコ殿**　墓には、靴を履いたまま入れますか？
**アンドレア師**　あなたなら大丈夫。ふつうは土足厳禁です。
**マーコ殿**　行きましょう。僕はその松ぼっくりを食べてみたい。値段がいくらだろうが気にしません。

## 第三場

ロッソ

**ロッソ**　このところ様子がおかしい理由を、俺にすっかり見抜かれてるなんて、ろくでなしのご主人には思いもよらないことだろうな。俺はまだ、あの人が苛々してるわけを知らない振りをしてる。この前の晩、いつもの習慣で屋敷のなかをうろついていた俺は、ご主人の寝言を耳にした。どうやら夢のなかで、ルティオ氏の奥方のラウラ婦人といっしょにいたらしい。婦人の名前を呼んで、目の前に婦人がいるかのようにその体をさすっていたんだ。これは俺だけの秘密だ、まだ誰にも話していない。ここはひとつ、取り持ち女のアロイジーアに協力してもらおうか。アロイジーアはラウラの乳母なのだとご主人に話して、俺が望むとおりのことをあいつに信じこませてやれ。これからアロイジーアに会いに行こう。あの女なら、清純な思いを台なしにしてくれるに違いない。アロイジーアは俺を気に入ってるから、俺の頼みならなんだって聞くさ。

## 第四場

パラボラーノ

**パラボラーノ**　この生は死よりもつらい。かつて、卑しい身分に甘んじていたころは、出世したいという欲望に朝から晩まで苛まれていた。そしていま、じゅうぶんに成り上がったと言ってもいいこの俺を、最悪の熱病が苦しめている。俺を癒やせる薬はない。いや、ひとつだけ、金でも権力でも買えない薬ならある。愛《アモル》はそれを、病人の血や、涙や、死と引き換えにして売り渡すのだ。おお、愛《アモル》よ、お前にできないことなどあるだろうか？　お前の力は、運命の女神のそれをはるかに凌《しの》ぐ。運命の女神は、人間に命令をくだすだけだ。しかしお前は、人間どころか神々までも従わせる。運命の女神は移り気で、気まぐれで……こうした女の武器を前にしては、いくら苦しんでみせたところで、命よりも欲しいと願っているあの人を手に入れることはできない。もう部屋のなかに入ろう。きっと愛《アモル》が、鎖から自由になる方法を教えてくれる。なぜって、俺を鎖につないだのも愛《アモル》なのだから。それに、たぶん自力でも、剣か、縄か、毒を使えば、見事この苦悶から抜け出せるさ。

# 第五場

**フラミニオ、センプロニオ（老人）**

**センプロニオ**　つまりお前さんは、わしが倅《せがれ》のカミッロを宮廷に奉公に出すことに反対なんだな？

**フラミニオ**　ええ。自分の息子を仇敵のように憎んでいるなら話は別ですがね。

**センプロニオ**　お前さんのような、今どきの宮廷人が仕える宮廷は、昔と違ってずいぶんひどいところらしい。記憶しているかぎりでは、いとも高名な閣下にわしがお仕えしていたころの宮廷は、天国もかくやと思わせるような場所だったがな。わしらはみんな裕福で、重用され、親愛の情で結びついていたもんだ。

**フラミニオ**　あなた方ご老体は旧時代の規範のもとで生きておられるが、たいする我々は、悪魔の計らいによるものか、現代で暮らしているんですよ。あなたが出仕していた時代、レオ十世の従僕には、ベッドも、部屋も、薪《たきぎ》も、ろうそくも、自分用の馬も支給された。洗濯女や理髪師、使用人の給金に加え、年に二度も新調するお仕着せの費用まで払ってもらえた。昨今の哀れな宮廷人は、どこぞの主君に仕えることが決まるなり、水も火も自分で工面する羽目になる。主君のお気に入りになったところで、召使いを半人分だけあてがわれるのが関の山だ。考えてもみてください。ひとりの人物の世話をするのに、半人で足りるわけがありますか？　気が休まるのは病気になったときくらい。そうすれば、主君に仕える身であったとしても、しつこく懇願した場合にかぎって、病院に入れてもらえますから。

**センプロニオ**　それにしても主君たちは、金はしこたま持っているはずなのに、いったい何に使っているんだ？

**フラミニオ**　娼婦や稚児《ちご》のところに通うためですよ。あるいは、ついに欲望を満たすことなく死んでしまって、故人の魂など歯牙にもかけない連中に、一万五千スクードとか、ことによったら二万スクードもの財産を遺したりするためです。

**センプロニオ**　狂気の沙汰だな。

**フラミニオ**　せめて召使いに親切だったらいいんですがね。この手の詐欺師どもがどんな遣り口を使うかご存知ですか？

**センプロニオ**　いいや、知らん。

**フラミニオ**　自分の部屋で、ひとりで食事する習慣を身につけるんです。その理由を尋ねれば、「一日に二度も食事をするのは胃への負担が大きすぎるから、夜はごく簡単な軽食で済ませたいんだ」とでも答えるはずです。けれどほんとうのところは、このしみったれどもは、貧しくとも徳の高い人びとを食卓に招くのが嫌だから、部屋でひとりで食事をするんですよ。

**センプロニオ**　なんという恥さらし。そうとも、なんと浅ましい振る舞いだ。

**フラミニオ**　モルフェッタの司教[5]の話なんて傑作ですよ。司教の食糧係が、一匹の魚を買うのに普段よりも二バヨッコ多く使ったものだから、司教はその魚を欲しがらなかったんです。そこで、召使い数人と食糧係が自腹で買いとって、みんなで食べるためにそれを焼きました。この善き司教は、焼き魚の匂いを嗅ぎつけるなり調理場へ走って行き、一人分の代金を支払ってお相伴に預かろうとしたのですが、食卓を囲む面々は司教を仲間に入れなかったそうです。

**センプロニオ**　あっはっは、いっひっひ！

**フラミニオ**　もっと笑える話をしましょうか。ポンツェッタ枢機卿[6]のお宅で聞いた、あるたいへん高貴な閣下の身に起きた出来事です。この人物はいつも、オムレツ一枚につき一個と半分の卵を使わせ、法冠《ビレッタ》の形を整える型のなかに焼いたオムレツを置かせていました。けれどある朝、じつに奇妙なことが起こったのです。数枚のオムレツが一陣の風に吹かれ、秋の葉のようにサン・ピエトロ大聖堂の階段まで飛んでいくと、その場に居合わせた人びとの頭の上に、王冠のごとく被《かぶ》さったんだとか。

**センプロニオ**　あっはっは！

**フラミニオ**　他の話も聞いてください。あなた方の時代には、執事と言えば男性でしたが、近ごろの執事は女性、つまり、わたしたちの主人の母親が務めます。この連中はわたしたちの食事を抜きにしたり、ワインが充分に水で薄めてあるかどうか確かめるために味見したり、ワインの貯蔵庫に鍵をかけたり、ちまちまと目方を量《はか》ってから食事を出したり（祭日だろうと平日だろうと関係ありません）、しまいには、スープの一滴さえ多めには与えまいとして心を砕いたりするのです。

**センプロニオ**　そんな家に出仕したら、倅はすぐに逃げ出すだろうな。

**フラミニオ**　早い話、宮廷人になるというのは、妬み屋、野心家、けち、恩知らず、おべっか使い、毒舌家、卑怯者、異端者、偽善者、盗人《ぬすっと》、大喰らい、無礼者、嘘つきになるのと同じことです。宮廷で見かけるもっともささやかな悪徳が裏切りであるとしたら、もっともささやかな罪もまた裏切りだと言えるでしょう。

**センプロニオ**　ちょっと待ってくれ。宮廷には盗人までいるのか？

**フラミニオ**　いますとも！　やつらがくすねていくなかで、いちばん些細な盗品といえば、あなたが従者として宮廷に捧げた十年、二十年という歳月です。ひとたび宮廷人になれば、誰でもいいから、隣人の死を願わずにいられなくなります。ある人物の後釜にすわってやろうと狙っていたのに、なんの因果か、その人物が元気になってしまったとしましょう。すると、病のあいだにその宮廷人の身に降りかかったすべての苦労、すべての熱病や苦痛が、今度は自分を苦しめることになります。その宮廷人が死ねば自分が裕福になれるはずだったのに、健康になったせいで目論見が外れたからです。それにしても、自分に対していかなる危害も加えたことのない人物の死を願うとは、なんと酷《むご》い態度でしょうか！

**センプロニオ**　倅のカミッロが宮廷に仕えることになったら、神もわしを見捨てるだろうな。

**フラミニオ**　センプロニオ殿、もし耳に心地よい助言を望むなら、わたしもそのように話します。けれど、真実を聞きたいと仰るなら、それはまた別の話です。

**センプロニオ**　フラミニオよ、いくら感謝しても足りないくらいだ。お前さんは誠実でまっすぐな男だな。倅は誰のもとにもやらんと決めたぞ。また今度、ゆっくりと話そうじゃないか。わしはこれからストロッツィの銀行に行って、宮仕えの給金を受けとってくる。

**フラミニオ**　わたしは宮廷に戻りますよ。わが身の不遇を託《かこ》つためにね。

## 第六場

**ロッソ、アロイジーア（取り持ち女）**

**ロッソ**　そんなに慌ててどこへ行くんだ？

**アロイジーア**　今はここ、次はあそこさ。まったく、目がまわりそうだよ。

**ロッソ**　いったいどうしたっていうんだ？　お前はローマを治める女じゃないか。

**アロイジーア**　それはそうさね。でも、わたしの師匠に災難が降りかかったもんだから、急に忙しくなったんだよ。

**ロッソ**　災難？　具合でも悪いのか？

**アロイジーア**　もちろん具合は悪いだろうね。それもこれも、あの人の功績への報いなんだ。師匠は明日、火あぶりにされるんだよ。これが正当な話だと思うかい？

**ロッソ**　公平とも正当とも思わないさ。火あぶりだなんて、冗談だろう？　お前のお師匠さんはひょっとして、キリストを十字架にかけでもしたのか？

**アロイジーア**　いいや、なんにもしてないよ。

**ロッソ**　じゃあ、なにもしてないから焼かれるのか？　そんな無茶苦茶な話があっていいのか？　請け合うが、ローマはじきに滅びるだろうな。

**アロイジーア**　師匠はね、行き過ぎた愛情に駆られて、代母の息子を溺れ死にさせたんだ。

**ロッソ**　それだけか？

**アロイジーア**　友人を助けるために、自分の名付け親に呪いをかけた。

**ロッソ**　親切な人じゃないか。

**アロイジーア**　ジョルジーナの夫に毒を盛った。あの男はとんだごろつきだったからね。

**ロッソ**　司法長官ってのは、冗談の通じない輩《やから》だな。

**アロイジーア**　ロッソや、師匠は女王さまのような遺言をのこしてくれたんだよ。あの人の財産は、ぜんぶわたしが相続するんだ。

**ロッソ**　そいつはいい。よかったら、財産の中身を教えてもらいたいね。

**アロイジーア**　素敵なものばかりだよ。そばかすやフランス病(7)の染みを洗い流す水を作る蒸留器、垂れた乳房を引き上げるための帯、まつ毛用の毛抜き、恋人たちの涙が入った細長瓶《フィアスコ》、コップ一杯の蝙蝠《こうもり》の血、拷問と背信のせいで死んだやつらの骨、梟《ふくろう》の爪、禿鷹《はげたか》の心臓、狼の牙、熊の脂、あとは、手違いで吊るされた連中の首にかけられた縄とかね。隣近所もこの話題で持ちきりだよ。師匠のおかげで、あの界隈では、歯を磨いたり口の臭いを消したり、その他たくさんのこまごまとした用事には、かならずわたしが最初に呼ばれることになってるんだ。

**ロッソ**　断食して、師匠の魂を救おうじゃないか。聖グレゴリウスのミサをあげ、聖ユリアヌスの主《しゅ》の祈りや、彼女にふさわしい祈禱を唱えよう。(8)

**アロイジーア**　師匠に必要なお祈りを、わたしが唱えなかったとでも思ってるのかい？　ああ、気の毒に……。

**ロッソ**　泣いたところで、師匠は戻ってこないぞ。

**アロイジーア**　お巡《まわ》りでさえ、あの人には帽子を脱いで挨拶してたんだ。その光景を思い出すと、胸が張り裂けそうになるよ……ほんの一カ月前だって、居酒屋の「孔雀亭」で、たしか六種類のワインを、ぜんぶジョッキで飲み干しておきながら、けろりと涼しい顔をしてたしね。あんなに気持ちの良い友だちは他にいない。あんなに飲み食いが大好きで、あんなに苦労と縁のない老女は他にいないよ。

**ロッソ**　だからこそ、死はお前の師匠を所望したのさ。

**アロイジーア**　肉屋でも、惣菜屋でも、市場でも、縁日でも、川べりでも、パン屋でも、浴場でも、床屋でも、税関でも、居酒屋でも、相手がお巡りでも、料理人でも、使者でも、司祭でも、修道士でも、兵士たちのあいだでも、いつだってあの人のことばかり話題になった。みんなは師匠の知性を讃えて、「女ソロモン」って呼んでたね。

**ロッソ**　焼かれて縛り首にされたら、どんな善人だろうと生きのびるわけにはいかないよな。

**アロイジーア**　あの人は竜か十二勇士のように、縛り首になった罪人の目玉をくり抜きに行ったり、夜中に墓場で、死者の指から爪を剥いできて、さしこみの薬を作ったりしてたんだ。猫やら、鼠やら、犬やらに姿を変えながら、水をくぐり風に乗って、ベネヴェントのくるみの木まで出かけていったもんだよ。[9]

**ロッソ**　師匠の名前は？

**アロイジーア**　マッジョリーナ婦人さ、[10]口にするのも畏れ多いけどね。あんたに話したとおりの人なんだから、十字を切るんじゃないよ。

**ロッソ**　ローマじゃこんな裁きが横行してるのか？　ああ、ああ、胸が痛んでしようがない。

**アロイジーア**　わたしの話で胸を痛めてくれるんだから、あんたは心の清らかな男だよ。

**ロッソ**　いまが八月の半ばなら、それぞれの地区をまわって、パリオーネを牛耳ってるリエンツォ・カポヴァチーナ・ディ・リエロ[11]に仲介を頼むんだがな。

**アロイジーア**　司教冠《ミトラ》を被らされた上に、耳と鼻を削がれれば、師匠も許してもらえたと思うよ。[12]若いころなら、わたしだってそんな仕打ちにも耐えられたさ。どのみち、たいしたことじゃないんだよ。地獄に堕ちないようにするには、この世でいくらか辛抱しとかなきゃいけないんだからね。

**ロッソ**　たしかにな。上等なワインに目がなくて、けっきょく四つ裂きの刑にされた司祭たち[13]も、よく我慢した方だ。

**アロイジーア**　あれもひどい話だったたね。たしかあの司祭たちは、わたしの師匠の義兄弟だったはずだよ。

**ロッソ**　さあ、腹の立つ話題はこれくらいにしておいて、楽しい話題に移るとしよう。なにせ、いつかは俺たちだって死ぬんだからな。安らかな死になるか、苦しみだらけの死になるかは、神だけがご存知だ。アロイジーア、嬉しい報せを聞かせてやるよ。俺のご主人が、ルティオ氏の奥方のラウラに懸想《けそう》してるんだ。

**アロイジーア**　ルティオはわたしの乳兄弟《ちきょうだい》だよ。

**ロッソ**　すごいぞ！　ご主人はまだ、誰にも想いを明かしてない。あの人が夢を見ているときに、俺は寝言を聞いたんだ。そこで、相談なんだが……

**アロイジーア**　もうわかったから、口を閉じな。つまり、あんたのご主人をだまくらかして、ラウラもご主人にのぼせあがってると思いこませたいんだろ？

**ロッソ**　家に入ろう。まったくお前は、下剤を飲んだ奴にとっての便所よりも値打ちのある女だよ。

# 第七場

**マーコ殿、アンドレア師**

**マーコ殿**　じゃあ、あの松ぼっくりの銅像は、木製なんですか？

**アンドレア師**　そういうことです。

**マーコ殿**　聖人たちが溺れているあの船は、誰の作品ですか？

**アンドレア師**　モザイクです。

**マーコ殿**　へえ！　僕に音楽《ムジカ》を教えるよう、頼んでもらえませんか(14)？　なにせ、音楽を知らずに宮廷人にはなれませんから。まあ、グイードの手(15)なら知ってますけどね。ほら。ガンマ・ウト、ア・レ、ベ・ミ、ミ・ファ・ソル・ファ・レ。

**アンドレア師**　初歩はしっかり身につけていらっしゃるようだ。しかし、そろそろお休みになった方がよろしいのでは。

**マーコ殿**　神よ、お許しを、僕は喉がからからです。

**アンドレア師**　さあ、家に着きました。どうぞお入りください。

**マーコ殿**　そちらからどうぞ。あなたは先生なんですから。

**アンドレア師**　いえいえ、マーコさまからですとも。

**マーコ殿**　望マシカラザルコトナレド、では、お言葉に甘えまして。

# 第八場

**パラボラーノ、ヴァレリオ**

**パラボラーノ**　語るべきか？　黙すべきか？　語れば軽蔑されるに違いないし、沈黙は死に通じる。なぜなら、どれだけ愛しているかを手紙に書けば、かくも卑しい男に愛されたことに憤慨するだろうし、このまま黙って激しい情熱を隠しつづければ、俺はとことん追いつめられてしまうから。アモルよ、どうしたらいいのか教えてくれ！

**ヴァレリオ**　ご主人さま、思い上がりからではなく、善き従僕としての責務を果たしたいという思いから、ご主人さまが患う病について知り、治療する手立てを見つけたく存じます。

**パラボラーノ**　お前とは長い付き合いだし、お前がどういう男かはよくわかってる。だが、いまの俺の苦しみを癒やす術は知らなくていい。

**ヴァレリオ**　そのような振る舞いは、あなたのような偉大な方にはおよそふさわしくありませんよ。浅ましい欲望のなすがままとなり、ご自身の名誉を傷つけていることがおわかりになりませんか。それだけではありません。苦しみを隠そうとすれば、ますます愛を募らせることになる。ろくに食べず、すこしも眠らず、顔に苦悶の痕を刻みこんでいるあなたを見れば、一目瞭然です。恋に落ちたというのなら、相手のご婦人が誰であろうと、ご自分のものになさればよろしい。あなたは裕福で、見目麗しく、高貴で、気前が良く、甘い言葉をささやくのもお上手だ。これだけの美点が揃っていれば、あなたをかほどに苦しめる女性ばかりか、ウェヌスの心さえ手中に収めることができるでしょう。

**パラボラーノ**　賢明な言葉が軟膏となって傷口を癒やしてくれるなら、いまごろはもう、俺はお前のおかげで恢復してるだろうにな。

**ヴァレリオ**　ああ、ご主人さま、頼むからご自分を取り戻し、気を取り直してください。さもないと、宮廷のお仲間たちのあいだで笑いの種になりますよ。こんなばからしい理由で、あなたが恥辱と死へ追いやられたと、故郷のナポリで語り草になってもよろしいのですか？　そのような話を聞いて、一族のみなさまがお喜びになりますか？　祖国の栄光はどうなりますか？　友人たちはどこに慰めを見出せばよいのですか？　われら哀れな従僕になんの益があるのですか？

**パラボラーノ**　散歩にでも行ってこい。でなきゃ、お前のお喋りに耐えられなくなって、怒りが爆発するかもしれん。

## 第九場

パラボラーノ

**パラボラーノ**　わかってるんだ。ヴァレリオの言うことが正しい。あいつは若いが、じつに思慮分別のある男だ。なのに、行き過ぎた愛が俺から、あらゆる救いを奪い去っていく。もっとも、何事にも終わりはある。今日と昨日は違う日だ。雪も氷もいつかは消えるし、空模様も神々の態度もそのうち和らぐ。ここは、ヴァレリオの助言を聞いておいたほうがよさそうだ。ああ、まだ玄関にいるぞ。ヴァレリオ！

## 第十場

パラボラーノ、ヴァレリオ

**パラボラーノ**　ヴァレリオ、聞いてくれ。もし俺が、お前の言うとおり恋に落ちていたなら、どうやって治療するつもりだ？

**ヴァレリオ**　取り持ち女を見つけてきて、ご婦人に渡す手紙を用意します。

**パラボラーノ**　もし、婦人がそれを受けとろうとしなかったら？

**ヴァレリオ**　請け合いますが、手紙や金が女性から拒絶されることは有りえません。

**パラボラーノ**　それで、手紙にはなにを書いたらいい？

ヴァレリオ　愛《アモル》があなたに語りかけるとおりのことを。
パラボラーノ　手紙を読んで、婦人が腹を立てたらどうする？
ヴァレリオ　どうか覚えておいていただきたいのですが、ご婦人というのは肉も骨も、わたしたち男より柔らかく、ふくよかにできているものです。
パラボラーノ　その手紙をいつ送る気だ？
ヴァレリオ　時機を見計らって。
パラボラーノ　ふん、お前をからかうのもこれくらいにしておこう。あいにく、俺を悩ませてるのは恋じゃないんでな。
ヴァレリオ　ご主人さま、ひとりのご婦人を手に入れる勇気さえないのなら、誰もあなたのためにサン・レオの要塞(16)を攻めたりはしませんよ。
パラボラーノ　たとえ城が落ちたところで、俺を責めさいなむ苦しみが和らぐことはないさ。さあ、家に入るぞ。誰かと話をするよりも、ひとりでいる方がいい。

## 第十一場

アンドレア師

アンドレア師　鼻たれの青二才殿は喉を潤してるところだ。聞けばあいつは、窓越しに見かけたカミッラ・ピサーナ(17)に恋をしたらしい。まさしく、クピドが間抜けの羊になったわけだ。あいつは即興の詩を詠んで、誰も聞いたことがないくらい浅ましくて低劣な言葉を編んでみせた。俺は嘘つきじゃない。しじゅう洪水を予言してばかりの占星術師とは違うんだ。その証拠に、マーコが婦人に宛てて書いた手紙を、皆さんの前で読んでみせよう。

マーコ殿から、カミッラ・ピサーナへ

元后、憐レミノ母ヨ。なぜなら、大理石のようなあなたの瞳、ぴかぴか光る口、蛇のごとくうねくる髪、サンゴ色の額、金襴《きんらん》のようにきらめく唇が、僕を骨抜きにしたからです。なぜなら、僕はローマにやってきて、神がお許しになるのなら、あなたへの愛のために宮廷人になるからです。なぜなら、あなたはリコッタチーズより柔らかく、氷より冷たく、マンドラゴラ(18)より滑らかで、満月より甘美で、モルガーナ(19)やディアーナより美しいからです。したがって、僕があなたに幾万の言葉を捧げる場所を待ち、時を見出してください。僕の言葉は、公示のごとく秘密に付されるでしょう。汝ノ御心ガ行ワレマスヨウ。

いますぐにでも、あなたといっしょにヤルべきことをヤリたくて、
病んだ雄鶏のようになっているマーコより

# 第十二場

マーコ殿、アンドレア師

**マーコ殿**　このストランボット[20]も届けてください。

**アンドレア師**　喜んで。でも、あらかじめ中身を読ませてもらいますよ。なにしろ、あなたは意地の悪い方ですから。わたしが棍棒で百叩きにされるよう、望んでいないともかぎらない。

**マーコ殿**　そんな、そんな、先生。僕はあなたが大好きです。

**アンドレア師**　存じていますとも。さて……

**アンドレア師の朗読による、マーコ殿のストランボット**

おお、愛の星よ、東洋の天使よ
木彫のごとき顔つき、東方風のかんばせ
あなたのせいで僕は病み、それでも船が港
あなたこそ西洋でいちばん美人。
あなたの美はフランスからやってきた
絞め殺されたユダのごとくに。

あなたへの愛のために、僕は宮廷人になりましょう
かくも激しい欲望に身を焦がした男は、これまでに一人もなし

おお、なんと含蓄にあふれ、洗練され、磨きあげられ、巧みで、新しく、機知に富み、神々しく、滑らかで、甘く、そして味わい深いことか！　しかし、文法の間違いがありますね。

**マーコ殿**　どこですか？「船が港」ですか？

**アンドレア師**　仰るとおり。

**マーコ殿**　これは詩法における破格です。さあ、行きましょう、ほら、早く、女神のもとへ！

**アンドレア師**

## 第十三場

**アンドレア師**　これから詩人を、浴場に連れていってやろう！　ますは、ラクダの鞍にマーコを乗せて、茨《いばら》、刺草《いらくさ》、不断草《ふだんそう》で戴冠してやらないとな。月桂樹や銀梅花《ぎんばいか》なんざ知ったことか。こいつらは誰の頭に巻かれるときも、たいそうもったいぶった態度を見せて、自分たちにふさわしいのは皇帝と詩人と居酒屋だけだなんて嘯《うそぶ》きやがる。(21)　いやはや、喜びのあまり気が触れるマーコ殿の姿が目に映るようだ。三カ月は縛りつけておかないと、あいつの体は破裂するかもしれん。さて、ゾッピーノを探しにいくとしようか。

## 第十四場

ロッソ

**ロッソ**　あの婆さんは、しっかり務めを果たすだろう。ああ、アロイジーアよ、お前はなんという悪党なんだ。あいつは千人の仕立て屋よりもたくさんの針を持ってる。アロイジーアはひげを生やした魔女だ、サタンの姑《しゅうとめ》だ、悪魔の祖先だ、アンチクリストの母親だ！　まあ、あの女が何者だろうと関係ない。俺はただ、主人を懲らしめてやれたら満足なんだ。数えきれないほどの苦痛をわけもなく与えてきたことの報いを、いまこそ受けさせてやろうじゃないか。あのごろつきめ、自分はいまでも二十二歳で、四月や五月に咲き乱れる花のように若々しいと思いこんでる。実際には四十を過ぎてるのに、世界中のご婦人たちから恋慕されてると信じてるんだ。おい、間抜け、俺はお前にパン屋のおかみを味見させてやるぞ。おっと、噂をすれば、あんなところに。

## 第十五場

ロッソ、パラボラーノ

**パラボラーノ**　ロッソ、どうかしたか？

**ロッソ**　わたしにも、少しは笑顔を向けてくだされば嬉しいのですが。

パラボラーノ　ああ、だといいな。
ロッソ　ひどい言い草だ！　そこいらじゅうに、その手の言葉が書いてある。誰が書いたのか知らないが、幸せな男の口から出たものではないでしょう。
パラボラーノ　話は終わりか？
ロッソ　いやいや、本題に入りましょう。ご主人さまが愛《アモル》の矢に苦しめられているのは、誰に、どんな風に恋に落ちたせいなのか言い当てられたら、いかなるご褒美をくださいますか？　わたしはなにも、ワインのせいで自分を占い師と勘違いしてるわけじゃありませんよ。おかげさまで、わたしどもに出されるグラスは、脳みそがきちんと脳みそのなかに収まっていられるほど水で薄めてあるんですから。
パラボラーノ　兄弟よ、お前はなにを言ってるんだ？
ロッソ　ほお、兄弟ときましたか。わたしはお相手の名前も、その方が誰の奥方なのかも、お屋敷がどこにあるのかも、みんな知っているんですよ。
パラボラーノ　なんだって？　家も、夫も、名前も知ってるだと？
ロッソ　すべてです。妻も、夫も、乳母も、兄弟も、小姓も。
パラボラーノ　名前の最初の一字を当てられたら、百ドゥカートをくれてやる。
ロッソ　金貨ですか、それとも銀貨ですか？
パラボラーノ　金だ。
ロッソ　目方の正しいやつですか、それとも端が削られてますか？
パラボラーノ　規格どおりのやつを、抱えきれないほどだ。

**ロッソ**　わたしを召使いの食房《しょくぼう》(22)から出してくださるなら、すべて話してさしあげますよ。ほんとうなら、もっと多くの褒美が欲しいところですが。

**パラボラーノ**　お前をうちの主人にしてやるさ。頭文字はSか？

**ロッソ**　違いますね。

**パラボラーノ**　Aか？

**ロッソ**　すばらしい、「ヴィオラ」と同じくらいハズレです。

**パラボラーノ**　Zか？

**ロッソ**　おやおや、ぜんぜん違います。

**パラボラーノ**　Cか？

**ロッソ**　だめですねえ。明日か明後日にお教えしましょう。約束ですとも。ええ、喜んで。

**パラボラーノ**　ああ、主よ、なぜ召使いが主人を愚弄《ぐろう》するのをお許しになるのですか？

**ロッソ**　明日でなく今日に知ったからといって、なにか良いことがあるとでも？　それに、たとえわたしを殺したところで、ラウラがご主人さまのものになるわけでもなし。このロッソ、アストルフォ(23)のごとく勇敢にして……

**パラボラーノ**　おい、黙れ。ああ、いったい俺はどこにいるんだ。

**ロッソ**　法悦の境地です。

**パラボラーノ**　眠りの中か？

**ロッソ**　ええ、そのせいでわたしへの褒美が遅れているようです。

パラボラーノ　俺は誰と話してるんだ？
ロッソ　ロッソですとも。晴れて食房から自由になったいま、ノルチャの司法長官、トーディの使節、バッカーノの副王(24)に任命された男たちより、よほど大きな幸せを感じております。
パラボラーノ　中に入るぞ、親愛なるわが友よ、まったくお前はたいしたやつだ。

# 第十六場

ゾッピーノ（取り持ち屋）、アンドレア師

アンドレア師　悪ふざけの歴史をとおして見ても、これほどの傑作にはお目にかかったことがない。
ゾッピーノ　俺の台詞はこう。「奥さまがわたしを殿下のもとに遣わしました。夫でスペイン人のドン・リンデッツァはたいへん嫉妬深く、昼も夜も奥さまの部屋の前に見張りを置いています。奥さまも、夫君への気兼ねさえ捨ててしまえば、殿下と褥《しとね》をともにすることができるのですが。しかし、ご安心くださ い。お忍びで屋敷を訪ねれば、なんの危険もありません」。
アンドレア師　いいぞ、完璧だ。ちょうど間抜けが外に出てきた。帽子を脱いで、ご挨拶して差し上げろ。

## 第十七場

マーコ殿、アンドレア師、ゾッピーノ

**ゾッピーノ**　奥さまから、殿下の御手《みて》と御御足《おみあし》に口づけいたしますと言伝《ことづて》をいただきました。奥さまは殿下を思うあまり、ひどく体調を崩されています。

**マーコ殿**　おお、かわいそうに！　きみには心から感謝するよ。

**ゾッピーノ**　殿下の手紙とストランボットに、百回かそれ以上もキスをしておりました。すでに詩句をそらんじて、オルガンの伴奏をつけて歌ってらっしゃいます。

**マーコ殿**　今度、シエナのマジパンを買うために人を遣《や》ったときは、良い報せを届けてくれたお礼に、きみにひとつ分けてやろう。

**アンドレア師**　なんとまあ太っ腹な！　ほら、ゾッピーノ、家に入ろう。カミッラさまがマーコ殿に望むことを実現するため、われわれがひと肌脱ごうじゃないか。

## 第十八場

ロッソ

**ロッソ**　身に余る光栄とはこのことだ。主人は俺に千回もキスをして、俺を「ロッソ殿」と呼び、酒蔵の番人まで俺に従うようにしてくれた。あっはっは！　間違いない、俺はかならずマルフォリオ(25)より偉大な師になるぞ。けっきょくのところ、鶏の運び方を弁《わきま》えてるやつが報われるのさ。道行く連中が、帽子を脱いで俺に敬礼する姿が目に浮かぶようだ。アロイジーアを探してきて、主人に引き合わせないとな。もしも事が露見したら、アロイジーアはただじゃすまない。だけど俺には、イタリアのいたるところに逃げ場がある。まあ、あの聖アロイジーアならうまくやるだろう。一年の祭日をみんな教えてくれる暦《こよみ》より、あいつはもっと物知りなんだ。しかし、まだ一時間は待つ必要がありそうだ。他人の世話を焼くために、朝から晩まで駆けずりまわってるような女だからな。

## 第十九場

**グリッロ**

**グリッロ**　まったく、おめでたいお調子者だよ、俺のご主人ときたら。間抜けな羊でいることにかけちゃ、ご主人の右に出るやつはいないね。おまけに、ずいぶん恐ろしい連中の網にかかっちまった。アンドレア師とゾッピーノ！　高利貸しさえだまくらかす男と、サピエンツァ・カプラニカ(26)の博士さえ発狂させる男の組み合わせだ。いくらご主人のお頭《つむ》が弱いとはいえ、ロバが学校で教えていると信じこませるなんて、いったいこれが人の所業か？　実際のところマーコ殿は、いまは亡きストラシーノ(27)の言葉にあるとおり、塩もチーズも入ってない生煮えのマカロニだな。

# 第二十場

アンドレア師、ゾッピーノ、マーコ殿

**マーコ殿**　彼女は僕を愛している。そうですね？
**アンドレア師**　カミッラさまが腹を痛めて生んだ子が殿下であったとしても、ここまで深く愛されることはないでしょう。
**マーコ殿**　もし彼女が僕の子を生んでくれたら、そのいたずら小僧に、悪がきに、嘘つきに、ペテン師に、揺りかごを買ってあげよう。
**ゾッピーノ**　話を戻しましょう。荷運びに変装するのが、いちばん安全かと思います。そのあとを、殿下の服を着たグリッロがついていくのです。
**マーコ殿**　先生、着付けをよろしく頼みます。
**アンドレア師**　どうぞご心配なく。しかし、話し方で素性が割れないようにするために、いくつか言葉を覚えなければいけませんよ。もし、お前は荷運びかと訊かれたら、こう言うのです。「んだ、オラだ」。
**マーコ殿**　「なんだ、おら」。
**アンドレア師**　ああ、上品な響きだ。「あんたはベルガモ人か？」と訊かれたら、「んだっす、んだっす」と言ってください。
**マーコ殿**　「おっす、おっす」。

**アンドレア師**　「前にここに来たのはいつだ」と訊かれた場合、返事はこう。「今日だっぺ」。
**マーコ殿**　「くそったれ！」
**アンドレア師**　あっはっは！　よろしい、たいへんよろしい！　グリッロといっしょに着替えてきてください。あなた方のお召し物を、家に用意してありますから。

## 第二十一場

**アンドレア師、ゾッピーノ**

**ゾッピーノ**　あいつの肩に、背中が割れるくらいの重荷を載せてやるか？
**アンドレア師**　いや、それはやり過ぎだ。荷運びの恰好をさせるだけでいい。それで、あいつが屋敷の扉の前に座ったら、お前はすぐにマントを替えて、ペスト病みを病院へ運ぶ気はあるかと尋ねるんだ。
**ゾッピーノ**　よくわかった。たっぷり笑わせてやるよ。こんな悪ふざけに居合わせたら、旧約聖書だって若返るだろうさ。それじゃ、またあとでな。

## 第二十二場

**アンドレア師、マーコ殿の服を着たグリッロ**

**グリッロ**　紳士に見えますか？

**アンドレア師**　芝居を台なしにするなよ。あの男に、自分は荷運びのシチリアーノなんだと、本気で信じさせるんだ。そのあとで、あいつを例の場所に連れていってくれ。

# 第二十三場

**マーコ殿、アンドレア師、グリッロ**

**アンドレア師**　あなたがマーコ殿だとは、知の化身でも見抜けないでしょう。さて、脳みそがしっかり働くところを見せてください。あなたはまず、ご婦人の屋敷へ向かい、扉の前で腰かけます。もし誰かが通りかかったら、荷物を運びにきたようなふりをすること。通りに誰の姿もなかったら、家のなかに入り、ご婦人を相手に事を済ませるのです。

**マーコ殿**　神に誓って、優しくしますよ。先生の手に口づけします！

**アンドレア師**　では、先に行ってください。わたしたちは、ぴったりあとをついていきます。不運にも、あの悪辣なスペイン人の夫に見つかったときは、あなたの服を着たグリッロがそばを通りかかります。夫はグリッロをあなただと思いこみ、荷運びの恰好をしたあなたに疑いを抱くことはありません。わたしのかわいいおばかさん、ちゃんと聞いていましたか？

**マーコ殿**　ばっちりです。でも、近くを歩いてくださいね。でないと誰かが、僕から僕を盗んでいくかもしれませんから。

# 第二十四場

アンドレア師、グリッロ

**アンドレア師**　こんな小咄《ノヴェッラ》はボッカッチョさえ書いてないぞ。ああ、腹がよじれそうだ！　あっはっは、いっひっひ！　ガエータの修道院長(28)の戴冠もなんのそのだ、たとえ向こうが象にまたがってたとしてもな。古き良き時代に宮殿で繰り広げられた悪ふざけにも、ここまで強烈なやつはなかっただろうよ。

**グリッロ**　あのゾッピーノはとんだ悪党だ！　なんて器用なごろつきだろう！　見てください、まるで別人ですよ。「しっちゃかめっちゃか殿」はあそこに座って、石柱みたいにぴくりとも動かないな。

**アンドレア師**　近くに行って、いと尊きゾッピーノさまのお言葉を拝聴しよう。

# 第二十五場

ゾッピーノ、荷運びの姿をしたマーコ殿

**ゾッピーノ**　やあ、友よ、病人をサント・スピリト(29)に運ぶのを手伝ってもらえないか？

**マーコ殿**　へえ、僕に才気《スピリト》があるってよくわかったな。

**ゾッピーノ**　ちがう、ちがう。サント・スピリト病院だよ。病人というのは、たんなるペスト病みさ。

**マーコ殿**　なんだって、ペスト？　いいや、もちろん僕はペストじゃない。

**ゾッピーノ**　口の減らないやつだ。パンが安く買えるなら、働く気も起きないか！
**マーコ殿**　もしパンが安いなら、それはきみが悪いんだ。

## 第二十六場

**アンドレア師、マーコ殿、グリッロ、ゾッピーノ**

**アンドレア師**　おい、シチリアーノ、こちらの紳士の頼みを聞いてやりなさい。これは人助けなんだ。
**マーコ殿**　アンドレア先生、僕をからかってるんですか？　それとも、この服のせいで人違いしてるのかな。
**アンドレア師**　お前、ひょっとしてシエナ人か？　シエナの連中はクリスマスになると、お前が着ている服みたいに、田舎風の衣装に刺繍を入れるからな。この厚かましいならず者め！
**マーコ殿**　じゃあ、僕は僕じゃないんですか？
**アンドレア師**　きさまのようなやつは、絞首台に行けばいいんだ！
**グリッロ**　卑しい処刑人よ、そこなら探し物が見つかるかもしれないぞ。
**マーコ殿**　グリッロ、この卑劣漢め、僕をばかにするのか。泥棒、裏切り者、僕の服を返せ。
**アンドレア師**　寝取られ亭主、ユダヤ[30]、卑怯者、命が惜しければ近づくな。
**マーコ殿**　ああ、もう、自分がわからない。
**ゾッピーノ**　いましがた、通りすがりの男から聞いたのですが、ローマの司法長官が御触《おふ》れを出したようですよ。それによれば、シエナのマーコ殿を知っていたり、客として迎えていたり、家に泊めたりしている人物は、ただちにそのことを報告しないかぎり、死刑に処されるそうです。なんでもマーコは、通行許可証を持たずにローマにやってきたんだとか。

**グリッロ**　なんてこった、僕はもうおしまいだ。

**アンドレア師**　良い考えがある。その服を脱いで、この荷運びに着せるんだ。そしてきみは、こいつの粗末な服に着替える。そうすれば、この男を見つけた警吏は、きみの代わりにこいつを吊るすはずだ。

**マーコ殿**　吊るすだって？　神よ、お慈悲を！　誰か、誰か！　助けてください、僕は死んでます！

**ゾッピーノ**　つかまえろ、つかまえろ！　追え、ひっとらえろ！　密偵だ、追いはぎだ！　あっはっはっは！

**アンドレア師**　グリッロ、頼む、あとを追いかけて、家まで連れもどしてやれ。そして、ローマではこの種のお遊びが習慣になっていて、今日の騒ぎも、奥さまを楽しませるためのちょっとした悪ふざけだったと伝えるんだ。あれでもやんごとない家の生まれだからな。一族の誰かが不快に思ったら、俺たちにとって面倒なことになる。

**グリッロ**　行きましょう。ひとりの間抜けが、フィレンツェ中の銀行家の見世物になる光景を見てるようだ。金貸しが利息で肥え太るみたいに、お喋り好きな連中はこの茶番から甘い汁を啜《すす》るんだ。

# 第三幕

## 第一場

パラボラーノ、ヴァレリオ（従者）

パラボラーノ　有能にして賢明、慎重にして善良、ロッソとはそういう男だ、間違いない。
ヴァレリオ　ずいぶんな褒めようだ。まるで、いまの自分があるのはロッソのおかげだ、とでも言いたげですね。
パラボラーノ　あいつは俺に、召使いが不満を抱えているとはひとことも言わないし……
ヴァレリオ　それはあの男が嘘つきだからです。
パラボラーノ　……馬丁《ばてい》に給金が支払われていないとも言わないし……
ヴァレリオ　だからといって、あなたに敬意を抱いているわけではありません。
パラボラーノ　……ジネット馬はへとへとだとも言わないし……

**ヴァレリオ**　つまりあなたは、偽りの言葉を信用するのですね？

**パラボラーノ**　……商人が織物の代金の支払いを求めているとも言わないし……

**ヴァレリオ**　しかし、受け取る権利のある者には支払わなければいけませんよ。

**パラボラーノ**　あいつが俺のもとに運んでくるのは、俺を讃える詩歌じゃない。むしろあいつは、俺に生を、慰みを、平安をもたらしてくれるんだ。ロッソは俺の親友、最高の仲間、血を分けた兄弟だ。

**ヴァレリオ**　遍歴の詩人よりもロッソのような男をありがたがるとは、不思議で仕方ありません。

**パラボラーノ**　お前は俺が、詩を食って生きているとでも思ってるのか？　これまでは仕方なく、何人もの哲学者を食客として囲ってきたが、あと二日もしないうちにみんなお払い箱にしてやるさ。これから先は、ロッソとパンを分け合いたいんだ。あいつは俺を地獄から引き上げて、天国へ導いてくれた。俺に生を与えてくれた。苦悶に満ちた愛のなかで萎《しお》れ、傷《いた》んでしまった希望を、よみがえらせてくれたんだ。わかったら、さっさと俺の前から消えろ。じきにロッソは、あいつだけが伝えられるたまらなく嬉しい報せを携えて、俺のもとへ戻ってくるはずだ。

# 第二場

**ロッソ、アロイジーア**

**ロッソ**　それじゃあ、よろしく頼むぞ。

**アロイジーア**　こういうことに手を染めるのは、今回がはじめてだと思ってるのかい？

ロッソ　いいや、まさか。

アロイジーア　だったら、黙ってわたしに任せておきな。あすこにいるのがあんたのご主人さまだね？

ロッソ　ああ、ご明察だ。

アロイジーア　ひとめでわかったよ。不安そうに手を揉んだり、空の方に顔を向けたり、唇に指を当てたかと思うと頬に手を当てたりするのは、どれもこれも恋に落ちた男を見分ける目印だからね。まったく、この手の殿方はたいした獣《けだもの》だよ。性懲《しょうこ》りもなくご婦人にのぼせ上ったかと思うと、そこらへんの商売女に欲を満たしてもらうんだからさ。ディエトロ・バンキ（1）でもそういう連中を見かけたよ。それで、誰それの奥さまやら、どこそこの貴婦人やらと、あんなことをしたとか、こんな言葉を交わしたとか吹聴するんだ。

ロッソ　そうとも、お前の言うとおり。当然ながら、高貴なご婦人を我が物にするのは至難の業《わざ》だからな。

アロイジーア　至難どころの話じゃないよ。そんな幸運に恵まれるのは、従者や召使いだけさ。こいつらなら、事に臨む機会だけはたっぷりあるからね。

ロッソ　女と縁のない生活のほうがよっぽど幸せだな。俺は腹の底から驚かずにいられないんだよ。あの札つきの怠け者どもが、ひとたび恋に落ちたとなると、晩禱《ばんとう》のときも、ミサのときも、赦しを得るために教会を訪ねるときも、寒くても熱くても、昼でも夜でもお構いなしに、必死でご婦人方を追いかけまわすようになるんだからさ。そして、二十年の歳月を費やした挙句《あげく》、汚くて危険な場所で、ひどく不快な思いをしながら四時間も待ちつづけたすえに、ようやく御目通りが叶うかと思ったら、不運にも咳ひとつ、くしゃみひとつをこらえきれず、けっきょくすべてがご破算となって、相手にもその縁者一類にも大恥をかかせるって寸法だ。それはともかく、いまはわれらがオルランド(2)の話をしようじゃないか。しばらくそうして、少し離れたところにいてくれ。俺がお前をご主人に紹介するから。

**ロッソ、パラボラーノ、アロイジーア**

# 第三場

**パラボラーノ**　親愛なるロッソよ、よくぞ戻った！

**ロッソ**　例の件の手引きを頼むために、乳母を連れてまいりました。例の件というのは、つまり……おわかりでしょう。

**パラボラーノ**　それではあなたが、あの天使をお育てになったのですね。

**アロイジーア**　はじめてお目にかかります。かわいいラウラが、あなたさまにどうぞよろしくと申しておりました。

**パラボラーノ**　膝をついて、あなたの話を傾聴しよう。

**アロイジーア**　それはわたしの務めです、こんなにも立派な殿方と話しているのですから。

**ロッソ**　ほら、立てよ。スペイン風にもったいぶったところで、ばかばかしいだけじゃないか。

**アロイジーア**　奥さまから言伝《ことづて》をいただきました。「あなたの御手《みて》に口づけします、わたしの主《しゅ》はあなたを措《お》いてほかにいません……」ああ、それにしても、こんな粗末な恰好でしゃしゃり出てきたことが恥ずかしい。どうぞお許しください！

**パラボラーノ**　この首飾りを売れば装いを新たにできるでしょう。さあ、受けとって！

**アロイジーア**　まあ、なんとご親切な。けれど、お気遣いは無用です。

**ロッソ**　言ったたろ？　収入役は人から百ドゥカートをくすねていっても平気な顔をしてるもんだが、俺のご主人さまはその反対で、人に百ドゥカートを与えてもけろりとしてるんだ。（歯の浮くようなお世辞とはこのことだな！）

**アロイジーア**　ああ、あんたの話はほんとうだったよ！

**ロッソ**　ご主人さまは俺たちに、ナヴォーナ広場でもお目にかかれないほどたくさんの服を、毎年贈ってくれるんだ。（おい、このしみったれ、さっさと従者に給金を払え！）食うものや飲むものについては、いまさらなにも言う必要はないさ。召使いの食房は一年中、カーニバルの真っ最中のようなんだ。（むしろ四旬節だな。召使いはみんな、断食してるみたいにがりがりだよ！）

**アロイジーア**　わたしはあなたさまの僕《しもべ》です！

**ロッソ**　従者たちにも、どれだけ愛想よく接してくれることか！　俺たちはみんな友だちさ！（こいつの寿命と、こいつが誰かに親切にしてる時間が、同じ長さだったらいいのにな！）

**アロイジーア**　まさしく、高貴な殿方にふさわしい振る舞いだね！

**ロッソ**　庇護する従者たちになにかあれば、進んで苦境から救い出そうとする。従者を悩ますほんのささいな問題を解決するために、教皇にまで直訴してくれるくらいなんだ。（この男は長生きするよ。俺たちの首に縄がかかってるところを見たとしても、指一本動かさないんだからな！）

**パラボラーノ**　ここにいるロッソがよく知っているとおり、わたしはいつでも、友人たちの役に立てるようにと願っているのです。それはそうと、どうか教えてください。ラウラにわたしのことを話しているあいだ、彼女はどんな顔をしていましたか？

**アロイジーア**　女王のような顔つきでした！

**パラボラーノ**　わたしについて、どんなことを、どんな風に話していましたか？

**アロイジーア**　あなたさまの名誉にふさわしい事柄を、砂糖や蜂蜜がたっぷりかかった話し方で。

**パラボラーノ**　忠誠を誓うわたしにたいして、どんな約束をしてくれましたか？

**アロイジーア**　盛大で、物惜しみのない約束を。

**パラボラーノ**　とはいえ、ラウラはお芝居をしていたのかもしれませんね。

**アロイジーア**　いいえ、まさか！

**パラボラーノ**　どうしてわかるのですか？

**アロイジーア**　わかりますとも。なぜって、奥さまはあなたに恋い焦がれてらっしゃいますから。それに、

淑女は芝居などいたしません。

**パラボラーノ**　わたしのほかにも、ラウラが心を寄せている男はいますか？

**アロイジーア**　おりません。

**パラボラーノ**　確かですか？

**アロイジーア**　ええ、もちろん！

**パラボラーノ**　ラウラはいま、なにをしているのでしょう？

**ロッソ**　（小便に行ってるよ！）

**アロイジーア**　今日という日を呪っております。なにしろ、一日が一年のように感じられるので。

**パラボラーノ**　それのなにが問題なのですか？

**アロイジーア**　今夜、あなたさまにお会いするつもりだからです。奥さまは、あと千年は待たなければいけない心境になっています。

**パラボラーノ**　崇敬に値するわが母よ、どうか二人きりで、その思慮深き言葉を聞かせてください。

**アロイジーア**　仰せのままに。

**パラボラーノ**　ロッソ、お前はしばらくここで待ってろ。

**ロッソ**　（さっさと行け。あんたに神のご加護がありませんことを）

## 第四場

**マーコ殿、ロッソ**

**マーコ殿**　僕はどうしたらいいと思いますか？

**ロッソ**　首でも吊ってろ！

**マーコ殿**　警吏が人違いで僕を捕まえようとしてるんです！

**ロッソ**　まあ、その顔なら信用されなくても無理はない。

**マーコ殿**　ラポラーノ氏(3)をご存知ありませんか？

**ロッソ**　マーコ殿！　その恰好は何事ですか？　頭がおかしくなったのですか？

**マーコ殿**　アンドレア先生です。あの人が僕を娼館に連れていって、それで……

## 第五場

**パラボラーノ、アロイジーア、マーコ殿、ロッソ**

**パラボラーノ**　ロッソ、なんの騒ぎだ？
**ロッソ**　あの人でなしのアンドレア師ですよ。あなたの客人でおられるマーコ殿を、ご覧のとおり、こんな恰好にしてしまって！
**パラボラーノ**　あなたがマーコ殿ですか？
**マーコ殿**　僕です、僕です！
**パラボラーノ**　ロッソよ、いと甘美なるわが母をお送りして差し上げろ。マーコ殿、あなたは拙宅へお入りください。あのアンドレアという男は、性質《たち》の悪い卑劣漢です。けっして許すことはできません。
**マーコ殿**　悪いようにはしないでください。先生は、僕をからかっただけですから。

## 第六場

**ロッソ、アロイジーア**

**ロッソ**　で、あいつはなんて言ってた？

**アロイジーア**　いまにも昇天しそうだとさ。この際だから言っておくけど、わたしも昔は、イタリア中の娼館で荒稼ぎしたもんだよ。ロレンツィーナやベアトリーチェ(4)だって、あのころのわたしと比べたらひよっこだね。わかるかい？　白貂も、黒貂も、鸚鵡《おうむ》も、猿も、わたしはなんだって持ってたんだよ。

**ロッソ**　それを言うなら俺だって、いろんな相手に仕えてきたさ。居酒屋の主人、修道士、収税人、使節、密偵、警吏、死刑の執行人、山賊、御者、粉ひき屋、香具師《やし》、それに囚人や悪党ども。その気になればまだまだ続けられる。お前の好きなところでとめてくれ。

**アロイジーア**　昔話を鼻にかけるつもりじゃなかったんだ。わたしが言いたいのはこういうことだよ。ずいぶんいろいろ経験を積んできたけど、いつだってその場しのぎで、今回のように注意深く事に臨んだことはなかった。そして、気づけば薹《とう》が立ってたってわけさ。その証拠に、貴婦人だったはずのこのわたしが、安宿の女将や洗濯女、料理女やマッチ売りからやり直さなけりゃならなかったんだからね。

**ロッソ**　いいか、アロイジーア、今度の一件を頼まれたことを、お前はあとあと感謝することになるぞ。たぶん、これが最後の機会だからな。宮廷では、どんどん女の居場所がなくなってるんだ。妻を娶ることができない宮廷人が、代わりに夫を伴侶にしてるのがその原因さ。そっちの方がよほど欲を満たせるし、法を犯さずにすむんだとさ。

**アロイジーア**　おお、いやだ。宮廷で飼われてる獣《けだもの》どもの、なんて胸糞悪いこと。あんただって見たことがあるだろう？　司教でさえ、頭に司教冠《ミトラ》(5)をのせたところで、恥ずかしいともなんとも思ってないんだからね。

**ロッソ**　こいつは見事な格言だ。聴罪司祭はお前に説教を頼むべきだな！

**アロイジーア**　よくわかってるじゃないか。もっともわたしは、世俗の栄誉には興味がないんだ。立派な馬車に乗るよりも、ロバにまたがっていくようにって、師匠からよく言われたよ。ましてや、きれいな絵の描かれた司教冠《ミトラ》(6)なんか欲しがっちゃいけない。隣人から、あいつは自惚《うぬぼ》れ屋だと陰口を叩かれたらいけないからね……あらやだ、話してるうちに閃いたよ。パラボラーノを満足させつつ、あの男を磔《はりつけ》にするわたしたちも救われる、そんなやり方がありそうだ。

**ロッソ**　おい、早く言ってくれ。

**アロイジーア**　パン屋のエルコラーノって男がいるんだけどね、こいつの奥方はじつに目端の利く女なんだ。今夜、わたしの家で殿方と逢引するように頼んでおくよ。愉しみに耽ってる最中の男たちは、熱に浮かされてるのといっしょで、わたしたち女と同じく、いつも外れを引くものと決まってるんだ。自分が悪ふざけの餌食になってるなんて、ぜったいに気づきっこないさ。

**ロッソ**　すごいぞ！　しっかり頼む、あらゆる女王の王冠のなかの王冠よ。いやはや、お前が手を貸してくれなかったら、いまごろ途方に暮れてただろうな。間抜けの主人がコロッセオに突っこんでく様子が目に浮かぶようだよ。主ヨ、我ヲ救イ給エ。これで心配はなくなった。また後で落ち合おう！

# 第七場

**フラミニオ、ヴァレリオ**

**ヴァレリオ**　なあ、もう半時間も騒いでるじゃないか。いいから落ち着いて俺の話を聞けよ。この先も、お勤めを続けた方が身のためだぞ。

**フラミニオ**　いいや、もう決めたんだ。俺は仕える相手を変える。スペイン人も、「失い過ぎるよりは、たんに失う方がまし」と言ってるじゃないか。ああ、俺は十五年もあの男に仕えてきた。俺がいなけりゃ、食事をすることも馬にまたがることもできないのに、俺はいまだに素寒貧《すかんぴん》だ。川に身を投げて死にたいよ。ここにいたって、財産を蓄える機会はいつまでもやってこない。さすがの俺も、それくらいはわかってるんだ。

**ヴァレリオ**　それが運命の女神のやり方なのさ。主人が従者に褒美をやるのをいつまでも先延ばしにするくらい、この女神にとってはなんでもないことだよ。ときには、あの素晴らしく偉大なフランス王を、わけもなく牢屋に入れて喜んだりしてるんだからな。(7)

**フラミニオ**　そうはいっても、主君たちにその気があれば、従者の不運を断ち切ることができるはずだ。近ごろの例で言えば、アンコーナ司教の甥のラヴェンナ大司教だよ。(8)武勇に優れたウバルディーノ氏に、(9)その働きにふさわしい褒美を用意できなかったとかで、わざわざ千スクードを借金してお与えになったんだ。こうして、運命の女神を形なしにしてやったわけさ。

**ヴァレリオ**　わかってると思うが、この世にラヴェンナの大司教はひとりしかいないんだぞ。

**フラミニオ**　それでも俺はここを出ていく。そして、せめて月に一度は俺の顔を見てくれる主人を探すんだ。俺が話しかけたときの返事が、お前はばかだ、とか、お前は石頭だ、とかじゃなければもっといい。そんな人が見つかれば、飢えをしのぐためにケープやガウンを質に入れる必要もないからな。聞いてくれ、ヴァレリオ。じつは昨日、五十スクードの稼ぎを期待できる身分に空きが出たんだ。俺はすぐさま、ご主人さまにそのことを伝えたよ。ところがあの男は、俺の訴えにはすこしも耳を傾けないで、シビッラとかいう取り持ち女(10)の息子にその地位を与えてしまった。

**ヴァレリオ**　主君っていうのは、なんでも自分の望むとおりにやりたいものなんだ。引き立てるのも破滅させるのも思いのままさ。肝心なのは、ひたすら幸運を乞い願い、できるかぎりうまく立ちまわることだ。極端な話、親の代から仕えている従者がなにも得られないのに、新参の従者が、仕えはじめたその日のうちに裕福になることだってある。それでも、望みは捨てなくていい。なぜって、宮廷という名の市場《いちば》では、すこしも期待していなかったときに、いきなり儲けが出るものだからな。

**フラミニオ**　それはそうかもしれないが、俺のように幸《さち》の薄い手合いには、そんな日は永遠にやってこないんだ。お前は知らないかもしれないが、俺がいまのご主人に仕えることになったとき、あの男はたいそう気前の良い約束を交わしてくれたんだぞ。次から次へ適当な言葉ばかり並べる連中には、自分の言葉を現実にしようなんて気はさらさらないのさ。ともかく、俺は主人を変える。

**ヴァレリオ**　世界中がひっくり返ってるようなこのご時世に、いったいどこへ行く気なんだ？　ミラノ公の行く末には暗雲が垂れこめてるし、フェッラーラの君主ときたら美しい宮廷を作ることにしか興味がない。ナポリにもう王はいないし、ウルビーノ公は過去の不始末のせいでいまも頭を悩ませてる(11)。俺の言うことを信じるんだ。ローマの宮廷から去ったところで、また別の宮廷で苦しむだけだぞ。

**フラミニオ**　俺はマントヴァに行くよ。侯爵のフェデリコ閣下は、誰に対してもパンを拒むことはないと評判だからな(12)。しばらくはマントヴァにとどまるつもりだ。われらが主《しゅ》が、イタリアのみならず、世界を平定した暁《あかつき》には、きっとローマへ戻ってくるさ。そのとき猊下は、兄君のレオさまがなさったように、

その高き徳をお示しになっているに違いないからな。(13)

**ヴァレリオ**　あとすこし、俺の話を聞いてくれ。俺に言われたとおりにすれば、万事うまくいくんだ。主人を褒めろ。主人が部屋に女や稚児《ちご》を連れこんでるときは、「ご主人さまはいま、祈禱を唱えているところです」とでも言っておけ。要するにあいつらは、良いことでも悪いことでも、自分たちがすることならなんでも褒めてほしいんだ。言葉の扱い方を心得たお前なら、自由な生き方を満喫できる。このやり方を守っておけば、うっかり真実を口にしないかぎり、主人の怨みやら不興やらを買うことはないさ。

**フラミニオ**　要するに、ヴァレリオよ、「悪事をなして、善き実りを得ろ」と言いたいんだろ。ともあれ、お前にはまた会えるよ。そのときまで、自分にできるかぎりのことをするだけだ。宮廷の広間や、個室や、階段に、どれだけ嫉妬がはびこっていようと関係ない。俺はそんな感情とは無縁なんだからな。見てのとおり、哀れな俺だよ！　だけどいいんだ。これでもう、宮廷人の魂を地獄に落とす片棒を担がずにすむ。

**ヴァレリオ**　なかには、お前の言葉に嫉妬の臭いを嗅ぎとるやつもいるかもしれないぞ。だってお前は、引き立てる価値のないやつばかりが重用されると言ってたじゃないか。

**フラミニオ**　それは別に、嫉妬から出た言葉じゃない。主人の見る目のなさを笑うために言ったのさ。

**ヴァレリオ**　じゃあ、元気でな！

# 第八場

パラボラーノ、ロッソ

**パラボラーノ**　愛し、愛されることは、じつに甘美であるなあ！

**ロッソ**　甘美なのは、食べることに飲むことですよ。

**パラボラーノ**　甘美なもの、それはわがラウラであろう！

**ロッソ**　お好きにどうぞ！　わたしとしては、アンジェラ・グレーカよりグレーコの水差しに敬意を払っておりますし、ベアトリーチェより山鶉《ペルニーチエ》を所望したいところですがね[14]。食道楽から先に天国に行けるというなら、いまごろわたしはテーブルの上座についてますよ。

**パラボラーノ**　愛しき唇から滴《したた》るアンブロシアを味わったなら、お前はそこに、グレーコのワインとも山鶉とも違う甘美さを見出すだろうよ。

**ロッソ**　味わわせてもらいましたとも。ロレンツィーナやマードレマ・ノン・ヴォーレ[15]、そのほかいろんな囲《かこ》い女《め》からね。だけど毎回、ブリガンティーンの水夫でさえ吐き気を催すような珍味でしたよ。

**パラボラーノ**　鶴と不死鳥をごっちゃにするな。高貴な婦人に敬意を払え。

**ロッソ**　どうしてですか？　高貴な婦人だって、農婦と同じように小便をするでしょうが。

**パラボラーノ**　お前のようなやつと真面目に会話するなんて、俺もどうかしてるな。

**ロッソ**　返事をするわたしだってどうかしてますよ。いいから聞いてください、ご主人さま。あなたの言うアンブロシアより、良いことも悪いことも語る術を心得た舌から垂れる蜜の方が、もっと甘いのではないですか？　ほら、これには言い返せないでしょう！

**パラボラーノ**　あっはっは！

**ロッソ**　まったく、あのパスクイーノ師[16]のソネットを読むたびに、笑い死にしそうになりますよ。知り合いの床屋が言ってましたが、パスクイーノ師のソネットは毎朝でも、使徒書簡と福音書の合間に読むだけの価値がありますね。尻の名誉にかけて誓いますが、あれは恥を赤面させるほどの代物ですよ！

**パラボラーノ**　ずいぶん詩人に詳しいんだな。

**ロッソ**　わたしはアントニオ・レリオ殿[17]に仕えていたことがありますから。気品とはなにか、とくと心得ているつもりです。

**パラボラーノ**　もういい、アロイジーアの話をしよう。中に入るぞ。

## 第九場

**マーコ殿、アンドレア師**

**マーコ殿**　アンドレア先生、人はどこから生まれるのですか？

**アンドレア師**　広い広い窓からです。

**マーコ殿**　なんのために生まれるのでしょう？

**アンドレア師**　生きるためです。

**マーコ殿**　どうやって生きるんですか？
**アンドレア師**　食べて、飲みます。
**マーコ殿**　なら、僕はずっと生きられそうだ。だって、狼のように食べ、馬のように飲みますもの。でも、すっかり生ききったとき、人はどうすれば良いのですか？
**アンドレア師**　蜘蛛《くも》のように、穴で死にます。それはともかく、ジョアン・マネンテ(18)に話を戻しましょう。
**マーコ殿**　ジョアン・マネンテって誰ですか？
**アンドレア師**　偉大な宮廷人にして音楽家です。この人物が生まれ変わった方法を使って、あなたはこれからご自身を作り直すのです。
**マーコ殿**　へえ、どうやって？
**アンドレア師**　ぬるま湯に浸かります。
**マーコ殿**　水に浸かって、具合が悪くなりませんか？
**アンドレア師**　大砲や、鐘や、塔を作るときに、具合が悪くなったりしますか？
**マーコ殿**　いいえ。でも、大砲や、鐘や、塔は、樅《もみ》の木みたいに地面から生えてくるものだと思ってました。
**アンドレア師**　それはたいへんな間違いですよ！
**マーコ殿**　じゃあ、心配しなくていいんですね？
**アンドレア師**　請け合いましょう。大砲を作るより、人を作る方がよほど簡単ですから。
**マーコ殿**　そうなんですか？
**アンドレア師**　そうですとも。あとは医者と、型と、薬を見つけなければいけませんね。

# 第十場

**グリッロ（従者）、マーコ殿、アンドレア師**

**グリッロ**　パラボラーノさまから、閣下を見つけたとご連絡をいただくまで、わたしたちは絶望の淵をさまよっておりました。奥さまなど、閣下を見つけようとして、あらゆる場所を探させたのです。

**マーコ殿**　かわいそうに、僕に夢中なんだな。そうだろう？

**アンドレア師**　（グリッロよ、しっかり話を合わせるんだぞ）グリッロ、わたしはこれから、われらの主《あるじ》をほかの宮廷人と同じように作り変えたいのだ。

**グリッロ**　出だしは好調ですね。ビロードのようにつやつやの仕上がりになるでしょう。ただ、お願いですから、前もってご婦人方に、敷布団を用意しておくよう伝えてください。宮廷人になったご主人さまの姿を見て、激しい愛に駆られた貴婦人たちが、窓から身を投げて怪我を負うようなことがあってはいけませんから。

**マーコ殿**　それはまずいな。よし、僕が布団を持ってこさせよう！

**グリッロ**　なんという心遣い！

**アンドレア師**　さあ、そろそろ仕事を始めるとしよう。急げ、出発だ！

## 第十一場

アロイジーア、ロッソ

**アロイジーア**　わたしときたら、市場よりも忙しい女だね。飛脚よりたくさんの手紙を運び、使者よりたくさんの伝言を届けなけりゃいけないんだからさ。フランス病のための軟膏やら、歯を白くする粉やら、なんだか知らないが神から与えられた病を治すための薬やらを所望する連中が、ひっきりなしに訪ねてくるんだ。おや、ロッソがわたしを探してるね。なにか用かい？

**ロッソ**　ほかの用事なんてほっとけよ。それより今夜、俺の主人にどうやって鞭で遊ばせるかを考えてくれ。

**アロイジーア**　二言三言、聴罪司祭に話したいことがあってね。それが終わったら、すぐにあんたのところに行くよ。

**ロッソ**　急ぐんだぞ。ご主人はいまごろ宮殿だが、じきに戻ってくるからな。俺は屋敷のまわりをぶらついてる。

## 第十二場

フラミニオ

**フラミニオ**　ヴァレリオの話に耳を傾けるのも悪くない。じつに分別のある若者だし、世話焼きで、親身に俺のことを考えてくれているからな。もちろん、助言よりは助力の方がよほど価値があるし、いまの俺は、教皇クレメンスさまが公正を欲していたのと同じくらい、助力を必要としているんだが。最悪な運命に見舞われた自分に絶望する前に、俺よりも偉大な男たちに降りかかった悪しき運命のことを思って心を慰めるとしよう。なかでもひどかったのは、チェーザレ(19)にたいする裏切りだ。あの男はどんなときでも、自分の命より主君の栄光を大切にしていたというのに。

## 第十三場

**ヴァレリオ、フラミニオ**

**ヴァレリオ**　フラミニオ、誰と話してるんだ？

**フラミニオ**　自分の悩みを忘れるために、他人の悩みと話してるんだよ。

**ヴァレリオ**　どんな悩みだ？

**フラミニオ**　ローマ中が話題にしてる、チェーザレの悩みだ。

**ヴァレリオ**　なあ、もっと楽しい話をしようじゃないか。あの男の身に起きたことは、あまりにも深刻すぎるよ。さっきも言ったとおり、お偉方には敬意を払わなきゃだめなんだ。主君の怒りは悪魔を呼ぶからな。

**フラミニオ**　たいした悪魔だ！　ようするに、ほんとうのことを言おうと思ったら、命を懸ける覚悟が必要ってわけだろう？

**ヴァレリオ**　他人のことはいいから、お前の話をしよう。俺といっしょにバンキに来いよ。なにか、元気になるような話をしてやるからさ。だが、その前に屋敷に戻らないと。両替証を忘れてきたんだ。

**フラミニオ**　わかったよ。いったん戻って、庭の戸口から出かけるとするか。

# 第十四場

**グリッロ**

**グリッロ**　さて、メルクリオ先生を見つけるまで戻れないぞ。悪ふざけの大家で、とびきり楽しい御仁なんだ。この人は医者として、宮廷人を作る手助けをしてるんだって、アンドレア師が俺のご主人に説明してたな。や、いたぞ、あそこだ！　見つけましたよ、メルクリオ先生！

# 第十五場

**メルクリオ師（医者）、グリッロ（マーコ殿の従者）**

**メルクリオ師**　グリッロよ、どうかしたか？

**グリッロ**　アンドレア師が、これまで聞いたことのないような、最高におかしい悪ふざけを企んでます。担がれるのはシエナの貴族で、教皇さまのおひざ元で枢機卿の座に収まるためにローマにやってきたところ、アンドレア師と出会い指南役に迎えました。アンドレア師はこの男に、まずは型に入って宮廷人にならなければいけないと信じこませました。これから男を浴場につれていきますが、はじめての入浴というのは、波に揺れる船の上にいるのと同じくらい辛いものです。そのあと、ひげを剃り服を着せて、公衆の面前で笑いものにしてやります。そこへ、医者のあなたが登場するというわけです。

**メルクリオ師**　あっはっは！　もっと良いことを思いついたぞ。浴場には、湯を溜めている大釜《おおがま》があるだろう？

**グリッロ**　ああ、ありましたね。

**メルクリオ師**　そこにシエナの殿方を入れてやるんだ。そして、この釜こそ宮廷人を作る型なのだと言えばいい。釜に入れる前に、丸薬を何錠か飲ませておこう。

**グリッロ**　さすがですね。それじゃあ、アンドレア師のところに行きましょう。プリアポス殿(20)がわれわれを待ってますから。

## 第十六場(21)

**アロイジーア、アラチェーリの修道院長**

**アロイジーア**　おや、神父さま。アラチェーリの教会(22)でお目にかかろうと思って来たのですが、こんなところでお会いできましたね。

**修道院長**　わたしは毎日、祈禱のためにサン・ピエトロに通っているのだよ。

**アロイジーア**　主があなたをお赦しくださいますよう。いやいや、違った。主の恵みがありますよう、と言いたかったんです。それにしたって、しじゅう祈禱を捧げてらっしゃいますね。いまよりもっと立派に、もっと裕福になろうってわけですか。

**修道院長**　規則を蔑《ないがし》ろにせずに生きていれば、今日のうちに天国に行けなくとも、明日にはきっと行けるはずだからね。

**アロイジーア**　結構なことで。急いだところで仕方ない。天国っていうのは、わたしたち全員が入れるほど大きいんだ。主《しゅ》に感謝いたします！

**修道院長**　そのとおり。急がなくても、わたしたちの場所はちゃんと残っている。この意味では、魂は嘘とよく似ているね。フィレンツェ人のティンカ・マルテッリ(23)のように、数えきれないほどの嘘を並べたところで、嘘が場所塞ぎになることはないのだから。ところで、いったいどんな用事でわたしに会いにきたのかな？

**アロイジーア**　大きな気がかりが二つあって、それを解決しておきたかったんです。まずはひとつめをよろしいですか？

**修道院長**　さあ、言ってみなさい。

**アロイジーア**　わたしの師匠の魂が煉獄に行けるかどうか、教えていただきたいんです。

**修道院長**　ああ、煉獄に行くとも。そこで、一カ月かそこら過ごすだろうね。

**アロイジーア**　世間では、煉獄には行けないだろうと言われています。

**修道院長**　ほお。わたしよりも、世間の声を信じるのかな？

**アロイジーア**　ああ、わたしは哀れな女だ、性質《たち》の悪い連中の言うことを信用するなんて！　じゃあ、師匠は煉獄に行くんですね？

**修道院長**　かならず行くよ、請け合おう。それで、もうひとつの気がかりとは？

**アロイジーア**　あらいやだ、物忘れの激しい女だよ！　ちょうど、脳みその皮を張り替えにだしたところだったから……。ちょっと待ってくださいい、おやまあ、ほんとうに忘れちまった！　いや、そうそう、ようやっと思い出したよ。トルコ人ってのはどこにいるんですか？

**修道院長**　ガルガッタだね。(24)　これはトルコの都《みやこ》の名前だよ。

**アロイジーア**　広場で聞いた話では、あと八日もしたらトルコ人がローマにやってくるらしいんです。

**修道院長**　それがどうしたというんだい？　もし四日後にトルコ人が来たとして、なにか問題でもあるのかな？

**アロイジーア**　大ありですとも。

**修道院長**　では、どんな問題か聞かせてもらおう。

**アロイジーア**　まったくひどい話ですよ。非道ってのはこういうことをいうんだ。串刺しにされるなんて、頭のなかで思い浮かべるだけでもまっぴらごめんです。だって、そうでしょう、串刺しですよ？　でも、ほんとうにトルコ人は来るんですか？

**修道院長**　来るわけがないだろう、ばかなことを言うものじゃないよ。

**アロイジーア**　神父さまのおかげで、ほんとうに、ほんとうに、心から安心できました。貧しい女どもを串刺しにするなんて！　主と神父さまのお祈りが、わたしを守ってくださいます。串焼きは好きだけど、自分が串刺しにされるのはお断りだね！

**修道院長**　そろそろ行きなさい。もう、お前と話をしている時間はないんだよ。急がないといけないからね。実を言うと、ヴェルッキオの連中が、自分たちの領主でユダヤ人のジャン・マリア伯爵[25]を殺そうとしていることを、告解を通じて知ったんだ。わたしはこれから、陰謀を企てた者たちを捕まえにいく。一味のなかでも重要な立場にいる二十名は、首を切り落とされるだろう。それもこれも、すべてわたしの働きのおかげというわけだ。

**アロイジーア**　ご立派です。あなたがた修道士は、なんでもご存知なのですね。

**修道院長**　それはそうさ。裏切りを企てたところで、わたしたちに知られずに済むはずがないんだよ。幼い雌牛や仔ヤギで欲を満たす方法[26]も、しっかり心得てる。もっともこれは、司祭に限った話だがね。木端《こっぱ》の修道士たちには、朝課、ミサ、終課、晩課が用意されている。この子らが、夢のなかで肉の欲求に苛まれても、食事相手になってくれるのは猫だけだ。

**アロイジーア**　わたしに言わせれば、木靴を履いて足をぼろぼろにしているみなさんは、誰だって聖人ですよ。さあ、どうぞ行ってください。明日か明後日か、とにかくお戻りになったときに、夫の魂のために聖グレゴリウスのミサ[27]をあげてください。しようのない人だったけど、夜はいつも、わたしなりのやり方で慰めてやったもんです。

**修道院長**　いつでも来なさい。お前の望むとおりにしよう。

# 第十七場

アロイジーア　師匠みたいに救われたいと思うなら、徳を積まなけりゃならないし、物事を弁《わきま》えて賢くなりたいなら、修道士とお近づきになるのがいちばんだ。ともあれ、自分のことを考えようか。マッジョリーナ師匠の死をこの世でいちばん嬉しく思っているのはわたしなんだ。だって、師匠はじきに天国へのぼるんだから、この世でつねにそうであったように、情けと憐れみの心でもって、向こうでもなにくれとなくわたしの面倒を見てくれるはずだよ。さあ、この話はこれくらいにしておこう。ロッソを一日中待たせるわけにはいかないからね。

アロイジーア

# 第四幕

## 第一場

**アンドレア師、マーコ殿、メルクリオ師、グリッロ**

**アンドレア師**　料金については承知しました。あとは、マーコ殿が肚《はら》を決めて、薬を飲みくだすだけです。

**マーコ殿**　薬を飲むとは、サリナガラ、かなりためらいますよ……

**メルクリオ師**　ろーま宮廷ノ薬ハ、イタク甘美ニテ候ウ！

**マーコ殿**　ソレハ否、否、否、ワガ師ヨ！

**メルクリオ師**　コレハりっぽぐらっすガ(1)認メシコト也《なり》ト、汝ニ申シ候ウ。

**マーコ殿**　カカル勧メハ信ズルヲ得ズ！

**メルクリオ師**　ワガ主《あるじ》ヨ、然《しか》ラバ汝、義務ヲ説ク次ナル言ヲモ解サンカ。「新シキ宮廷人ニ成ラント欲スル日ハ、丸薬ト糖蜜ヲ必ズ飲ムベシ」。

**マーコ殿**　言葉の選び方が間違ってます。「飲ムベシ」はトスカーナ語じゃありません。ほら、これ、僕の袖に入っているペトラルカ(2)で確かめてみてください。

**アンドレア師**　気にすることはありませんよ！　話すときは慣習に従えばいいのです。ねじくれた話し方をしても仕方ないでしょう。

**マーコ殿**　匠《たくみ》ノ業《わざ》ヲ貶《けな》スハ匠ナリ(3)！

**メルクリオ師**　わが主よ、あなたは枇杷《びわ》をご存知ですか？

**マーコ殿**　もちろんです。

**メルクリオ師**　ローマでは枇杷のことを丸薬と呼んでいるのです。それを口にする勇気がおありなら、どうぞ召しあがってください。

**アンドレア師**　メルクリオ先生の仰ることを、しっかり理解されましたか？

**マーコ殿**　はい、わかりました、とても学識の豊かな方です。メルクリオ先生に敬意を表して、千個でも食べたいと思います。

**アンドレア師**　なんたる豪胆！　バルトロメオ・チンコリオーネ(4)の時代なら、マラテスタの一門も真っ青な戦士になっていたことでしょう！

**グリッロ**　そろそろ、ご主人さまの来訪を待ちかねている型を取りに行きたいのですが。

**マーコ殿**　行ってくれ。いちばん立派で、いちばん快適そうな型を選ぶんだぞ。

**グリッロ**　仰せのままに。ほかにご要望は？

**マーコ殿**　頭まですっぽり入るやつがいいな。それと、僕より先に誰かが使った型はだめだ。

アンドレア師　急げよ、グリッロ。ああ、そうだ、棹秤《さおばかり》があるかどうか、ちゃんと確認しておくんだぞ。最後に目方を量《はか》らなきゃならん。宮廷人になったあとで、一リブラにつき一バヨッコを払う決まりだからな。しかし、わが主よ、別人になってしまう前に、ひとつお願いがあります。これからもわたしに親切にしてくださると、どうか誓ってください。それと言うのも、卑しい身分の者がロバの世話から解放され、ひとたびアックルシオやセラピカ(5)のごとく出世すると、友人のことも親類縁者のことも鼻であしらうようになるという話を、たびたび耳にするものですから。

マーコ殿　心から誓いますとも、ユダの肉体にかけて！

アンドレア師　それは子供の誓いですなあ。

マーコ殿　聖書にかけて！

アンドレア師　農夫の誓いだ。

マーコ殿　神への信仰にかけて！

アンドレア師　荷運びの人夫《にんぷ》なら、そういう言い方もするでしょうが……

マーコ殿　祝福された十字架にかけて！

アンドレア師　ああ、女々しい言葉だ。

マーコ殿　……のアソコに……の血に……の肉体にかけて……

アンドレア師　なんの肉体にかけるですって？

マーコ殿　僕に、冒瀆の言葉を吐けと？

アンドレア師　いけませんか？

**マーコ殿**　キリストの、キリストの肉体にかけて！　ああ、とうとう言ってしまった！

**アンドレア師**　おやおや、マーコ殿、冗談のつもりだったのに、背教者のように呪いの言葉を吐かれましたね。なんにせよ、わたしは晴朗なる魂をもって、あなたにお仕えいたします。

**メルクリオ師**　ほらほら、遊んでいるうちに型が冷えてしまいますよ。ローマでは、木材は財宝のように値が張ることをお忘れなく。

**マーコ殿**　すこし待ってください。木材をいっぱいに背負った騾馬《らば》を一匹、シエナから送らせましょう。

**アンドレア師**　あっはっは！　そら、グリッロだ、欠ケタル所ナキ宮廷人を作る工房の扉の前にいますよ。グリッロよ、どんな按排《あんばい》だ？

**グリッロ**　型、棹秤、枇杷、先生方に加えて、必要なものはすべて揃っています。皆さまは、憂鬱質《メランコリー》よりも奇想に満ちたものをご覧になることでしょう。

**マーコ殿**　メルクリオ先生、月はいまどこにありますか？

**メルクリオ師**　は？　まあ、だいぶ離れた場所でしょうな。

**マーコ殿**　いえいえ、十五日目の満月かどうか訊きたかったのです。

**メルクリオ師**　満月ではありませんね。

**マーコ殿**　よかった。もし満月なら、腹下しになっていたかもしれません。でも、信アラバ事足ルベシ。行きましょう、主ノ御名《みな》ニ於《お》イテ。

## 第二場

アロイジーア、ロッソ

**アロイジーア**　ロッソや、待たせたね。聴罪司祭さまと話してきたよ。八月なかばの聖母さまの祭日が、今年は何日になるのか知りたかったんだ。前の日の晩は断食しますって、誓いを立てたもんだから。それから、ピエモンテーゼ(6)のところに寄って、ここにある袖をもらってきた。そのあとは、水差し半分のコルシカワインで歯をすすいで、そうしてここにやってきたってわけさ。

**ロッソ**　アロイジーアよ、手短に言うとな、ヴァレリオは俺を嫌っていて、俺はヴァレリオを嫌っている。お前の手管《てくだ》で、あいつがご主人の不興《ふきょう》を買うようにできないか？　俺がヴァレリオの後釜にすわるんだから、先のことはなにも心配しなくていい。

**アロイジーア**　あんたの首飾りをわたしによこしな。そうすれば、なんの危険もなしにそいつを破滅させてあげるよ。

**ロッソ**　首飾りはもともとお前のものじゃないか。それより方法を教えてくれ。

**アロイジーア**　いま考えてるところだよ。

**ロッソ**　頼むぞ、大事なことなんだから。

**アロイジーア**　そう慌てなさんな……思いついたよ！

**ロッソ**　主がそれを望み給うた！

**アロイジーア**　聞きたいかい？
**ロッソ**　当たり前だろ。
**アロイジーア**　ご主人さまにこう言うのさ。わたしたちがラウラについて話しているのを、ヴァレリオに聞かれてしまった。ヴァレリオはそれをラウラの兄に伝え、リエンツォ・ディ・ヤコヴェッロというその兄は、わたしたちみんなをひどい目に遭わせてやると息巻いている。おや、あんたのご主人さまだよ、口を閉じな！

## 第三場

**パラボラーノ、ロッソ、アロイジーア**

**パラボラーノ**　わが魂よ、ここでなにをされているのですか？
**アロイジーア**　閣下のために死のうとしていたところです。じつは……
**パラボラーノ**　主よ、われを救いたまえ。「じつは」の続きをお話しください！
**ロッソ**　なんて卑劣な遣り口だろう！
**パラボラーノ**　誰の遣り口のことを言っているんだ？
**アロイジーア**　これではもう、他人に善行を施そうなどという気にはなりません。
**ロッソ**　ご主人さまの、ヴァレリオが……
**パラボラーノ**　ヴァレリオがどうした？　ヴァレリオがなにをした？

**アロイジーア**　……ラウラの兄君のもとへ赴き、ロッソとわたしがあなたさまとラウラの仲を取り持とうとしていることを伝えたのです。ですが、どうか、わたしの口からはなにも聞かなかったことにしてくださいませ！

**パラボラーノ**　なんてことだ、信じられない。

**ロッソ**　怒りで爆発しそうです、じっとしてはいられません。やつはローマでいちばん悪辣な男だ。十人はくだらない警吏を殺《あや》めておきながら、長官を虚仮《こけ》にするように武器を持ち歩いているのです。ご主人さまがこの苦境を切り抜けられることを、主も望んでおられるはずです。

**パラボラーノ**　ああ、裏切り者め！　今度という今度は、この短剣をあいつの胸に突き刺してやる、腐った舌を生やしたあいつの胸に！

**アロイジーア**　お館《やかた》さま、後生ですから、今回の件についてわたしたちの名前を出さないでください。でないと、わたしたちは破滅です！

**パラボラーノ**　悪党め！　渋るあいつを無理やり泥から引き揚げ、千ドゥカートの収入がある人物へ仕立ててやったというのに、その報いがこれか。

**ロッソ**　よくおわかりになったでしょう。ヴァレリオがご主人さまの息の根をとめようとしていることに、わたしは気づいておりました。それでも黙っていたのは、ご主人さまがいつもわたしを、口から出まかせばかりの男だと言っていたからです！

**パラボラーノ**　来てくれ、しばらく家のなかにいよう。苦しみに胸が張り裂けそうだ。

## 第四場

ロッソ

ロッソ　「悪事はいつかわが身へ返る」と、諺も言ってるよな。「自分を鹿だと信じるロバは、友にも金にも無縁のまま」ってのもある。ヴァレリオよ、パンのお礼にフォカッチャを贈ってやったぞ。(7) ティヴォリの伯爵にでもなるがいいさ。くたばれよ、晴れ着姿のロバ公め！　この俺は嘘つきで、ものぐさで、ペテン師で、ほら吹きで、人たらしで、裏切り者で、泥棒で、偽りの誓いばかり口にしてる取り持ち屋だ。そういう男である方が、アンジェロ・デ・チェシス殿(8)であるよりもよほど大事なのさ。アロイジーアの手を借りて、ご主人の屋敷の表玄関にも裏口にも、新しい玉を毎日のように届けてやるさ。やい、ヴァレリオ。お前さんにゃ悪いが、今後は俺が、ご主人のお気に入りとなってあの屋敷を治めるからな。

## 第五場

アロイジーア、ロッソ

アロイジーア　さあ、これでよし。あんたのご主人はラウラに会うために、第五時(9)にわたしの家に来ることになったよ。ただし、部屋に明かりをつけるのはだめだ。ラウラはひどく内気だから、逢引するには暗がりのなかでなきゃいけない。こんな機会がめぐってきたのも、ラウラの夫がヴェレトリに行っていて八日も留守にしているからだって説明しておいた。そうそう、こっちの話がまとまる前に、あのヴァレリオさんがクビになって、ご主人さまを口汚く罵ってたよ。ほら、もう行きな、わたしは忙しいんだからね！

**ロッソ**　（おそろしい魔女だ！　弟子でさえこれだけのことを即興でやってのけるんだから、師匠の手並みはどれほどのものだったんだろうな？）ああ、ご主人さま、なにか仰いましたか？

## 第六場

**パラボラーノ、ロッソ**

**パラボラーノ**　信じられない、ヴァレリオがこの俺に、あんな口の利き方をするなんて。

**ロッソ**　裏ではあんなものじゃありませんよ。口にするのは憚られますが……

**パラボラーノ**　ガレー船に送ってやる！

**ロッソ**　そうなさるのが適当でしょう。あなたにとって、あれほど恐ろしい敵はほかにいません！　やつが買ってきたのがなんの毒かわかりませんが……ひとつ言えることは、つまり……

**パラボラーノ**　おい、それは確かか？

**ロッソ**　根拠のないことは申しません。なにしろやつは、稚児《ちご》も娼婦も賭け事も、なんでもござれという男ですから。

**パラボラーノ**　明日の朝には、あいつを司法の手に引き渡すぞ。

ロッソ　ご主人さまの母君、ご姉妹、親戚の皆さまのことも、好き放題に話していました。もしわたしが口論を厭わない男なら、丸二日かけてでも、ご主人さまにかかわる事柄の話し方を諭《さと》してやったことでしょう。

パラボラーノ　これでも従者を信じられるか？　ああ、ああ、ああ！　ロッソよ、屋敷の鍵はすべてお前が管理しろ。節度をもって扱うんだぞ！

ロッソ　力不足のわたしですが、忠節の心だけはじゅうぶんです。他人を妬む道理もなければ、見栄のためになにかしようという気もありません。過ちを犯した者を罰して、腹立たしいことは忘れてしまいましょう。今夜、アロイジーアが務めを果たす傍らで、わたしは羨ましさのあまりよだれを垂らすのです。ところで、はじめにどんな言葉をかけるおつもりですか？

パラボラーノ　お前ならなにを言う？

ロッソ　手に語らせますとも！　しかし、暗がりで会わなければいけないとは残念ですね。ローマの女は誰であれ、通りであなたを見かけると、うっとり見とれて身を焦がさずにはいないのですから。これは事実ですよ、お世辞で言っているのではありません。もしわたしが女なら、ただちに、すぐさま、この場でアレをしたいところです。晩まで散歩をされたいのなら、騾馬《らば》を用意してありますよ。

パラボラーノ　いや、徒歩がいいな。こっちの道を行こう。気晴らしといえば、お前と話をすることくらいだ。

ロッソ　ご主人さま、お話の相手をするのは、死よりも忠実なあなたさまの僕《しもべ》です。それにつけても、ラウラさまのお姿を思い浮かべるたびに、その美しさに眩暈《めまい》を覚えずにいられません。優美で、誠実で、賢明で、徳高き女性です。ああ、まさしくあなたさまにぴったりだ！

## 第七場

**ヴァレリオ、フラミニオ**

**ヴァレリオ**　ご主人さまが恋に落ち、俺は奈落の底に落ちた。俺に暇《いとま》を出すときのご主人ときたら、俺に父親を殺されでもしたかのような形相《ぎょうそう》だった。まさか高貴な殿方が、悪意に満ちた輩の言うことをかくもやすやすと真に受けるとは。ああ、いまいましい、ずっと恐れていた落とし穴にはまってしまった。たしかに、紳士として不自由なく生活していくだけの蓄えはあるし、お勤めから解放されて身を休めるのも悪くはない。それでも、ご主人さまの怒りを買ったまま去るのはつらい。これでは世間は、主人が腹を立てたのは俺の浅ましい振る舞いが原因だと思いこむだろう。どうだ、フラミニオ、災いは誰の身にも降りかかるものなんだよ。

**フラミニオ**　「煩《わずら》いに苦しめられ、なおもひどい煩いに脅かされる」とペトラルカも言っているしな。(10) お前に執《と》り成《な》してもらえば、すこしは良い目が見られるかと思っていた。ところがいまでは、俺よりひどい境遇に落ちたお前の手に、俺はわが身を託しているわけだ。人はよく、「仲間がいれば苦しみも和らぐ」とか口にする。だがな、ヴァレリオ、お前のことを思うからこそ、俺はいっそう苦しみを感じるよ。

**ヴァレリオ**　今回の一件が恋の狂乱によるものかどうか、俺はもうしばらく見守るつもりだ。ご主人さまが恋をしていることは間違いない。だが、あの悪党のロッソが、なにもかも裏で糸を引いているような気がしてならないんだ。少し前から、しきりに二人でこそこそと話していたからな。まったく、世の中というやつはこれだから！

**フラミニオ**　あまり焦るなよ。いつものお前さんらしく、慎重に振る舞うんだ。まだ失われていない名誉すべてと、何年にもわたる奉公によって築いた信用を、ここでふいにしないようにな。

**ヴァレリオ**　もう行ってくれ。じきに、事の顛末《てんまつ》を語って聞かすよ。

## 第八場

**トーニャ（パン屋のエルコラーノの妻）、アロイジーア**

**アロイジーア**　ティック・トック・トック・ティック。

**トーニャ**　誰？

**アロイジーア**　かわいい娘や、アロイジーアだよ。

**トーニャ**　ちょっと待って、いま下りるから！

**アロイジーア**　会えて嬉しいよ、愛しいトーニャ。

**トーニャ**　おばあちゃん、なにかごよう？

**アロイジーア**　今夜の第四時に、わたしの家に来られるかい？　ちょっとばかり力を貸してほしいんだ。あんたに損はさせないよ。

**トーニャ**　いやだ、悪い人。そんなことをしたら、夫が嫉妬に怒り狂って、手がつけられなくなる。でも……

**アロイジーア**　「でも」もへったくれもないんだよ。駄々をこねずに、わたしの言うことを信用しな。

**トーニャ**　どっちみち、逆らう気なんてないよ。命がけでも行ってあげる。どんな悪事に手を染めようと、あの酔いどれに文句を言われる筋合いはないからね。

**アロイジーア**　恩に着るよ。でも、男の恰好で来るようにね。夜分のローマには、度の過ぎた悪ふざけが横行してるもんだから。あんたなら、「三十一」[11]の獲物にされないともかぎらないよ。でも、今夜はたっぷり良い思いをさせてやるからね！

**トーニャ**　どうもありがとう。わたしはもう行かないと。夫のエルコラーノが来た……あんたの魂なんか悪魔に食われろ！

## 第九場

**エルコラーノ（パン屋）、トーニャ、アロイジーア**

**エルコラーノ**　お前ら、なにを話してるんだ？

**アロイジーア**　魂についてだよ。

**エルコラーノ**　殊勝なこった！

**トーニャ**　あんた、感謝しなよ！

**エルコラーノ**　黙れ、このあばずれ！

**トーニャ**　それが、善良な女にたいする口の利き方？

**エルコラーノ**　くそ、手元にスコップがあれば……

**アロイジーア**　トーニャはね、サン・ロレンツォ・フオーリ・レ・ムーラの留《りゅう》〔四旬節にローマの教会で執り行われる祭式〕はいつかって、わたしに訊いてたんだよ。

**エルコラーノ**　俺はそんな話には興味ない。さっさと失せろ。二度とここにやってくるなよ。トーニャは家に入れ、さもないと……

**トーニャ**　地獄に堕ちな！

# 第十場

**エルコラーノ**

**エルコラーノ**　「雌ヤギの飼い主には角が生える」ってな！(12)　俺の嫁は手に負えない尻軽だ。お見通しだよ。今夜、外で愉しみに耽《ふけ》るつもりだろう。いくらワインを呑んだところで、自分がコルネートの生まれだと忘れるほど間抜けにはなれないさ。あのアロイジーアめ、見え透いた嘘をつきやがって。家に戻ったら、したたかに酔っている振りをしてやろう。俺がチェルヴィアの生まれかどうか、ここではっきりさせてやる(13)！

# 第十一場

エルコラーノ、トーニャ

**エルコラーノ**　このぐうたら、下りてこい！　聞こえないのか？　おい、トーニャ！
**トーニャ**　今度はなに？
**エルコラーノ**　夕食は、俺の帰りを待たなくていい。
**トーニャ**　普段から待ってないよ。
**エルコラーノ**　わかったのか？
**トーニャ**　娼婦の尻を追いかけたり、居酒屋に入り浸ったりするくらいなら、家にいた方がまだましでしょうに。
**エルコラーノ**　がたがた抜かすな。すぐに寝床を用意するんだ。帰ってきたとき、すぐに休めるようにしておけ。
**トーニャ**　わたしはいつだって、猫と食卓を囲む羽目になる！　どうして悪魔は、あんたにふさわしい扱い方を心得ている女をあんたの嫁にしなかったんだろう。わたしはあまりに善良すぎるよ。
**エルコラーノ**　窓辺で男に色目を使うんじゃないぞ。
**トーニャ**　狼に食べられちゃうかも。
**エルコラーノ**　もういい。わかったなら、俺は行くぞ。

**トーニャ**　（なんて嫌な男だろう！　それより仕事だ、仕事にかかるよ！　二つの口が合わされば、片方からはもう片方のにおいがする。あんたの口はワインの臭い、わたしの口は愛の匂いさ。嫉妬深い酔いどれめ、わたしはお愉しみを満喫するから、あんたは角を生やしてな！）

## 第十二場

パラボラーノ、ロッソ

**パラボラーノ**　月も太陽も、あの人に恋をしているのではあるまいか？

**ロッソ**　大いに有りえます。月と太陽はなににも増して淫《みだ》らですから。

**パラボラーノ**　俺は不安なんだ。あの人が暮らす家、あの人を飾る衣服、あの人が眠るベッド、あの人を洗う水、あの人が嗅ぐ花が、あの人の愛をわがものにしてしまうのではないかと思って……

**ロッソ**　ずいぶん心配性ですね。空気も大地も怖いというなら、クピドに頼んで夫人の髪をつかんでおいてもらえばいいでしょうに！

**パラボラーノ**　主よ、どうかわたしの思い違いでありますように。さあ、家に戻ろう。

# 第十三場

グリッロ

**グリッロ**　あっはっは！　……笑いよ、頼む、俺に話をさせてくれ！　あっはっは！　……おい、頼むよ、ほんとうに！　マーコ殿が……あっはっは！　マーコ殿が型に入って、魂を吐きだした。ひげを剃られ、新しい服を着せられ、香水を振りかけられ、いいようにおもちゃにされた。憂鬱質《メランコリー》さえ快活になるようなことを喋りまくって、ローマすべてを自分のものにしたい、ご婦人も殿方もまとめて面倒を見ようと仰せになった。人の悪いアンドレア師は、福音書に書かれていたって信じられないようなことをマーコ殿に信じこませた。マーコ殿はいま、「だべ」だの「がす」だの言ってベルガモ人の話し方を真似て、通訳者でも通訳できないような言葉を喋ってる。しかし、あの人のお喋りの内容をあんたたちに逐一伝えようと思ったら、とんでもない記憶力が必要になるぞ！　そして俺は、マジパンを買ってくるように仰せつかった。もちろんシエナのマジパンだ。でも、俺にはもっと大事な用がある、マーコ殿はカラスでも待ってればいいさ！[14]　そうそう、ひとつ伝え忘れてた。アンドレア師が、人の姿を反対に映しだす凹面鏡《おうめんきょう》を用意してたんだ。[15]　マーコ殿が浴場から出てきたとき、鏡に姿を映して絶望させてやろうって魂胆だ。あんたたちはゆっくり見物していってくれ、俺はもうたくさんだよ！

# 第十四場

ロッソ

**ロッソ**　くそいまいましい、この……おっと、危うく口にするところだった！　ようやく喉を潤して人ごこちがつけるかと思ったら、さっそくアロイジーアを探しに行く羽目になった。いまの俺は、クピドの病に冒された男の守護者なのか？　俺を執事にするという約束さえ取りつけられれば……まあ、執事なんかになるよりは、何者でもないままの方が良いんだけどな。執事になれば周りから丁重な扱いを受けるって？　俺が知ってるある執事は、自分の主人に高利で金を貸していた。だが、元はといえばその金は、やつが主人からくすねたものだったんだ。覚えておいてもらいたいんだが、執事と呼ばれる連中が娼婦に与えてる品物は、俺たち従者の口からやつらが盗んでいったご馳走なのさ。ただひとりの例外である、教皇クレメンスさまの執事殿への敬意がなければ、主《しゅ》の尻に向けてソプラノで歌ってやったところだ。それにしたって、アロイジーアはどこにいるんだ？　亡霊みたいに消えちまったのか？

# 第十五場

ロマネッロ（ユダヤ人）、ロッソ

**ロマネッロ**　屑鉄、屑鉄だよ！

ロッソ　せっかくだから、あのユダヤ人をからかってやるか。さっき魚売りを相手にやったようにな。
ロマネッロ　屑鉄、屑鉄だよ！
ロッソ　おい、ユダヤ、こっちに来い！　この長衣《ながぎぬ》はいくらだ？
ロマネッロ　どうぞ試してみてください。もしお気に召すようなら、お値段を相談しましょう。
ロッソ　着せてくれ。一度でいいから、この襤褸《ぼろ》を脱ぎたいと思ってたんだ。
ロマネッロ　ぴったりだ！　まるで、旦那さまのために仕立てられたような一着ですな。
ロッソ　値段は？
ロマネッロ　十ドゥカートになります。
ロッソ　脱がせ。
ロマネッロ　いくらならよろしいので？
ロッソ　八スクードだ。この値段で手を打つなら、俺が世話になってるアラチェーリの修道士(16)のために、このケープも買ってやろう。
ロマネッロ　お知り合いの修道士のためにケープをお求めいただけるなら、願ってもないことです。寸法が足りるかどうか、試しにわたしが着てみましょう。
ロッソ　ああ、着てみたらどんな具合か、見ておいた方がいいだろうな。
ロマネッロ　手をお貸しいただけますか。紐と肩衣《スカプラリオ》をこっちへ……さあ、どうです？
ロッソ　うん、悪くない。上等な生地だし、ほとんど新品だ。
ロマネッロ　ぴかぴかの下ろし立てですとも。もともとは、「小さな兄弟会」のアラチェーリ枢機卿(17)がお持ちだった品です。

**ロッソ**　折り襞《ひだ》をしっかり見たいから、後ろを向いてくれ。

**ロマネッロ**　そら、ご覧ください。

## 第十六場

**長衣を着たまま逃げるロッソと、修道士の恰好をして追いかけるユダヤ人**

**ロマネッロ**　泥棒！　泥棒！　とまれ！　つかまえてくれ！　泥棒！　泥棒！

## 第十七場

**警吏、ロッソ、ロマネッロ**

**警吏**　とまれ、命令だ！　いったいなんの騒ぎだ？

**ロッソ**　居酒屋から出てきたあの修道士が、狂ったようにわたしを追いかけてきたんです。聖職に就かれている方を相手にいざこざを起こすのはごめんですから、慌てて逃げてまいりました。

**ロマネッロ**　隊長殿、そこの男はペテン師です！　わたしはユダヤ人のロマネッロと申す者で……

**警吏**　なんと、不敬な悪党め！　神聖なケープを羽織って、われらキリスト者を愚弄《ぐろう》する気か？　この男をひっ捕らえて、独房へ連れていけ！

**ロマネッロ**　そのような裁きが有りえましょうか？

**ロッソ**　隊長殿、この男に然るべき罰を下されないのであれば、わたしは今後、隊長殿が眉を顰《ひそ》めるような人物のもとにお仕えしますよ。自分の仕事にまじめに取り組んでいる人物が、こんな侮辱を受ける謂《いわ》れはありません。

**警吏**　安心しなさい、こいつにはしっかり償いをさせるから。頭のワインを抜いてやるには、四度も吊し責めにしてやればじゅうぶんだろう。

# 第十八場

**ロッソ**

**ロッソ**　あの隊長を任命したのはアルメリーノ(18)か。あと十年は、いまの職にとどめてやらなきゃいけないぞ。こんなに見事にペテン師の顔を見分けるんだからな！　いやはや、まったく、ローマだか豚舎《とんしゃ》だか知らないが、ここはなんて下劣な町なんだろう。いつか神も辛抱を切らして、巨大な鞭でこの都を打ち据えるかもしれん(19)。俺のように、いのいちばんに絞首台送りになるべき男がまんまと逃げおおせ、気の毒なロマネッロは長衣を失って牢屋のなか。引き換えにやっこさんが手に入れたものは、襤褸一枚ときた！　まあ、この世を生き抜くには運に恵まれなきゃいけないのさ。さて、気分もすっきりしたことだし、婆さんを探しにいこうか！

# 第十九場

メルクリオ師、アンドレア師、マーコ殿

**アンドレア師**　ここ百年か、あるいはそれより短い歳月、閣下ほどご立派な人物にはお目にかかったことがありません。

**メルクリオ師**　同感ですな。先生方のご尽力と、優れた型のおかげでしょう。

**マーコ殿**　わっはっは！　鏡を見せてください、別人になった気分です！　ああ、なんと激しい苦しみだったことか！　でも、いまは宮廷人になったおかげで、痛みもすっかり消え去りました。ここへ鏡をお願いします……わあ、なんだこれ！　僕はめちゃくちゃだ、僕はぐちゃぐちゃだ、僕は死んじゃった！　ああ、なんて口だ、なんて鼻だ！　どうぞお慈悲を、生ヨ、悦《よろこ》ビヨ……カクテ言葉ハ肉トナレリ[20]！

**メルクリオ師**　いったいどうなさいました？　体が痛むのですか？

**マーコ殿**　僕は壊れた！　僕は僕じゃない！　御国《みくに》ヨ……我ラノ糧《かて》ヨ[21]……裏切り者、あんたたちは型を取り違えたんだ。盗人《ぬすっと》として告発してやる！　可視ニシテ不可視ナル盗人よ[22]！

**アンドレア師**　祈禱はどんなときでも有益ですな。しかし、なにも地面に倒れこまなくてもいいでしょうに。ほら、立ち上がって、しっかり鏡をご覧なさい！

**マーコ殿**　追いはぎめ、僕の顔を返せ、お前たちの顔を取り去ってしまえ。もし元に戻れるなら、一カ月にわたり売春の詩篇[23]を唱えることを誓います。

**アンドレア師**　たいへん結構。とにかく、もう一度鏡を覗いてみてください。

**マーコ殿**　嫌だ！

**アンドレア師**　見なさい、さあ！

**マーコ殿**　主ノ僕《しもべ》ラヨ、主ヲ讃エヨ(24)！　僕の顔はかつてなく美しく整いました。

おお、愛の星よ、東洋の天使よ
木彫のごときかんばせ、東方風の顔つき(25)……

**メルクリオ師**　歌い出すほど嬉しいのですね？　おお、なんという声！

**マーコ殿**　いま、この時、僕はあらゆるご婦人が欲しい！　僕は教皇になって、いまこそ、いますぐ、カミッラに釘をぶちこみたい！　早くしてください、僕は急いでるんです。

**アンドレア師**　メルクリオ先生、どうぞお帰りになってください。明日、キージ銀行の出納係のところに行ってもらえれば、マーコ殿からの支払いを受けられますから。

**メルクリオ師**　そうしましょう。閣下の御手《みて》に口づけいたします。

## 第二十場

アンドレア師、マーコ殿

**マーコ殿**　部屋でご婦人に釘を打ちたいと言っているでしょうが、ねえ！
**アンドレア師**　もう少しふさわしい恰好に、御召替《おめしか》えされた方が良いのではありませんか？
**マーコ殿**　おしめ替え？　糞《くそ》でも垂れるつもりですか？　僕は「ご婦人」と言ってるんです！
**アンドレア師**　そう慌てずに！　家に戻って、剣とケープを取ってきましょう。それから、奥さまに会いにいくのです。夜分のローマで、そんな上衣《うわぎ》を着ている人はいませんからね。
**マーコ殿**　行きましょう。僕の体には悪魔が宿りました。

## 第二十一場

アロイジーア、ロッソ

**ロッソ**　トック、ティック、トック。アロイジーア？
**アロイジーア**　あんたの名前を呼ぼうとしてたとこだよ。でも、ひとつ話しておくことがあってね……
**ロッソ**　なんだ？　準備万端じゃないのか？
**アロイジーア**　……エルコラーノのとこの、トーニャがね……

**ロッソ**　どうした？　来るのを嫌がってるのか？
**アロイジーア**　……一時間前に話してきたんだ。そうしたら、二人でいるところをエルコラーノに見つかって……
**ロッソ**　じゃあ、勘づかれたか……？
**アロイジーア**　いいや、心配はいらないよ。ご主人さまには、万事抜かりなし、第五時には槍を二本も折れますと言っておきな。ぐずぐずしないで、晩の筋立てを説明しにいくんだよ。どうぞよろしく伝えておくれ。それじゃあね！
**ロッソ**　ああ、早く行け。ご主人に出くわさないよう、俺はこっちから行こう。しまった、遅かったか。

## 第二十二場

**パラボラーノ**　おい、なにか報せはあるか？
**ロッソ**　手短に申しますと、第五時に奥さまがいらっしゃいます。そのあとは、好きなだけお愉しみになってください。
**パラボラーノ**　素晴らしい女性だ、あのアロイジーアは！
**ロッソ**　この世でいちばん慈愛に満ちた女ですよ。
**パラボラーノ**　しかし、第五時まで待ちきれないぞ。なあ、あれは鐘の音じゃないか？　ロッソ、聞こえるか？　一回……二回……

**ロッソ**　まさしく！　あれはお告げの鐘ですよ。

**パラボラーノ**　それで、約束の時間までどう過ごす？

**ロッソ**　小腹を満たしておきますか。

**パラボラーノ**　冗談はよせ！

**ロッソ**　なにもわたしは、鉛の修道士(26)になりたいわけではありませんよ。

**パラボラーノ**　それより、ラウラのことを話そうじゃないか！

**ロッソ**　それより、軽く食事して、ちゃちゃっとワインをひっかけましょうよ。

**パラボラーノ**　俺はわが貴女《きじょ》の思い出を食べるのさ。ほかの食い物で空腹をまぎらす気にはならないね。まあ、今日くらいはお前を満足させてやるとしようか。行くぞ！

**ロッソ**　忝《かたじけな》シ！　腹が減れば、思い出なんて忘れてしまいますよ。

# 第五幕

## 第一場

ヴァレリオ

**ヴァレリオ**　心を強く捉えていた疑念が確信に変わった。もしも主人の怒りを買えば、従者たちもひとり残らず、顔に怒りを露わにするんだ。ああ、ああ、ああ！　いったい宮廷で、偽善以外の表情を目にすることはあるだろうか？　俺はついさっきまで、ほとんど主君のような扱いを受けていた。誰もが俺を、賢明だ、善良だ、寛大だと褒めそやし、敬意を捧げてくれていた。ところがいまや、誰も俺に声をかけず、みんな俺について好き勝手なことばかり言っている。いつも俺に贔屓《ひいき》にされ、俺の助けを受けてきた連中が、真っ先に俺を侮辱してくる。要するに、四方の壁にそっぽを向かれたというわけだ。おお、幸多き運命よ、お前には多くの友がいる。そして、不幸なる運命よ、お前のまわりは敵だらけだ！　しかし、これからどうする？　俺に助言を与えてくれそうな人はいるか？　いいや、ひとりも。もっとも、もし俺が溺れ死にしたいなら、首に石をくりつけてくれるやつはすぐに見つかるだろう。いやいや、道理と潔白には大いなる力があることを、天にまします神はご存知のはずだ。ラヴェンナの大司教さま[1]に、今回の件を相談してみよう。宮廷では滅多にお目にかからない、徳の高いお方だからな。きっと、俺に救いの手を差し伸べて、当を得た助言を与えてくれるさ。

## 第二場

**したたかに酔ったエルコラーノ、トーニャ**

**トーニャ**　こうして玄関で見張ってるのに、愚図の夫は帰ってこない。どこかで足の骨でも折ったのかね。もう日が暮れたってのに、まだ戻らないなんてさ！　おや、いたいた、あれは夫に違いないよ。

**エルコラーノ**　い、い、家の……と、と、扉は……ど、ど、どこだ……。へえ、ま、ま、窓が踊ってやがる、あっはっは！　と、トーニャ、手を……手を貸してくれ……て、て、テヴェレ川に落っこちないように……あっはっは！

**トーニャ**　神さまだって、落っこちればいいと思ってるよ！　このろくでなし、ワインをがぶ飲みするにしたって、ちょっとは水で割ったらいいだろうに。

**エルコラーノ**　よ、よ、酔ってない……俺は、酔ってないぞ。もう……寝る……。お、お、俺のベッドに……コロッセオが……。はや、早く寝かせろ、俺は寝る……裁きの日の大筒《おおづつ》だって起こせやしないぞ！

**トーニャ**　さっさと寝な、この豚め、ばらばらに刻まれろ！

## 第三場

**マーコ殿、アンドレア師**

**マーコ殿**　先生、この僕はほんとうに僕でしょうか？
**アンドレア師**　そうでなければどんなに良いか！
**マーコ殿**　愚問です！　僕はご婦人に掛けがねをかけたいんですよ、ねえ！
**アンドレア師**　いいから、落ちついて。
**マーコ殿**　落ちついてほしいなら、剣でも持ち出して脅すことです。そうだ、ちくしょう、僕はアソコに鍵を挿してやる。
**アンドレア師**　興奮してはいけないと言っているでしょう。ほら、着きましたよ。ティック・トック・ティック・ティック。
**マーコ殿**　もっと強く叩いてください。おい、開けろ、このクソッタ……

## 第四場

**ビアジーナ（下女）、アンドレア師、マーコ殿**

**ビアジーナ**　どなた？

**マーコ殿**　僕だ、僕。部屋に上がって、奥さまと寝たいんだ！
**ビアジーナ**　いまは来客中ですが。
**マーコ殿**　客なんて追い出せ、雌牛の雌豚め、さもないと……
**ビアジーナ**　あんた、さては田舎者だね。立派な殿方がそんな言葉を使うはずないもの。
**アンドレア師**　開けろ、ビアジーナ。このお方を怒らせるな。
**ビアジーナ**　（またあんたのお仲間かい、懲りない人だね！）いま綱を引きますよ、ほら、お入りください！
**マーコ殿**　やっと開けたか、このマルフィーザ(2)の出来損ない！

# 第五場

**妻の服に身を包んだエルコラーノ**

**エルコラーノ**　あばずれ、あばずれめ！　兄弟のところに送り返してやる！　ついに尻尾を出したな、性悪女！　俺はなんて哀れなんだ。貧しいからといって、これまであいつに不自由をさせたことがあったか？　一晩中そこらをうろついていれば、あいつを見つけて喉を掻き切ってやれるだろう。ああ、いまいましい！　ん？　いままで気づかなかったが、ベッドの足元にあいつの服があるじゃないか。まさか、俺の服を着て出かけていったわけじゃあるまいな？　お前が男の恰好をして逃げるなら、俺は女になって追いかけてやる。ここから行くことにしよう、いや、こっちがいいか。ボルゴ・ヴェッキオと、あとはサント・スピリトを通っていった方がいい。たぶん、カンポ・サントのあたりで捕まえられる。よし、こっちへ行こう、あいつは裏口から出ていったからな。

## 第六場

パラボラーノ、ロッソ

**パラボラーノ**　待つというのはつらいことだ。

**ロッソ**　腹を空かしてるときは、とくにそうですね。

**パラボラーノ**　おい、黙れ。ひとつ……ふたつ……

**ロッソ**　鐘が鳴ればなんでも時計に思えるらしい。あれはオネスタ婦人(3)の弔いの鐘なのに、あなたは時を数えてらっしゃる。おや、聞いてください。ひとつ……ふたつ……みっつ……よっつ……第四時と四半分ですな。(すぐに腹いっぱい食えるさ、人でなしのクピドさんよ!)

**パラボラーノ**　まだあと一年はある!

**ロッソ**　二年かもしれませんね。もう外にいるのはごめんですよ。風がひどく吹きつけていますから。体を壊すのはまっぴらです。邪《よこしま》な女たちめ、あらゆる欲を鎮める金でさえ、お前たちを満足させることはない!

**パラボラーノ**　なかに入ろう。お前には元気でいてもらいたいからな、わがロッソよ。

# 第七場

ヴァレリオ

**ヴァレリオ**　ガブリエル・チェザーノ殿や、ジョアン・トマーゾ・マンフレーディ殿が言っていたとおり、クレモナの司教さまはほんとうに素晴らしいお方だな。[4] 世間で言われているよりも、あの方はもっと親切なんだ。自分の身に起きたことを司教さまにお伝えしたら、ごくなんでもないことのように金を工面してくれた。ああいう方が司祭として、この地獄のような宮廷に身を置かれているとは、なんとも心の痛む話だ。宮廷には数えきれないほどの神父がいるのに、司教さまと肩を並べられるくらい善良な方は二人しかいない。つまり、いと尊き掌璽《しょうじ》院長さまと、ラヴェンナの大司教さまだ。[5] 他の連中のことなんて、ただ眺めて過ぎればいいさ！[6] ああ、宮廷よ、お前はなんて残酷なんだ、地獄よりもはるかにひどい！　その証拠に、地獄は悪徳を罰するが、お前は悪徳を敬い、褒めそやすのだから……だが、こんなことを言っていても仕方がない！　俺はご主人さまを見つけなけりゃならん。そして、見つかるとしたらローマだけだ。あの人が顔を出しそうな場所はわかってるしな。寝床につく前にご主人さまと話をして、俺の災難がどこから降って湧いたのか聞きだしてやる。

## 第八場

アンドレア師、ゾッピーノ

**アンドレア師**　なあ、ゾッピーノ、わたしはいい加減、この喜劇に飽きてきたよ。あの御仁はいくらなんでも愚かすぎるし、これ以上は楽しめそうもない。最後にあいつを驚かしてやりたいんだが、その前にケープを取り替えておこうか。

**ゾッピーノ**　じゃあ、そっちのケープをもらうから、俺のを受けとってくれ。

**アンドレア師**　あいつを家から追いだしたら、俺たちがカミッラと寝るとしよう。ティック・トック。ここを開けろ。ああ、卑劣漢め、殺してやる、卑怯者、臆病者！　いいか、そこを動くなよ！

## 第九場

下着姿で窓から身を投げるマーコ殿

**マーコ殿**　なんてこった、尻に傷が！　僕の尻に穴があいた！　助けて、誰か来てください、僕は死にます！　どこに逃げよう？　家はどこだ？　ああ、ああ！

# 第十場

**パラボラーノ、ロッソ**

**パラボラーノ**　あれはなんの騒ぎだ？
**ロッソ**　暇な連中のお喋りでしょう。
**パラボラーノ**　五時になったか？
**ロッソ**　ご主人さま、どうしました？　お顔が真っ青ですよ。
**パラボラーノ**　中で炎が燃えているせいで、外からは青白く見えるのさ。
**ロッソ**　(その炎もじきに消えるよ、このペテン師め！)
**パラボラーノ**　俺は不安なんだ。あの人の前では、なにも喋れなくなる気がして……
**ロッソ**　いやいや、むしろ、市《いち》にいるときみたいに賑やかに喋ってもらわなきゃ困ります。
**パラボラーノ**　愛《アモル》は繊細な人士から、大胆さを奪っていくからな。
**ロッソ**　愛《アモル》のくそったれ！　男が女に言葉をかけるのを怖がるなんて、そんな情けない話がありますか。ほら、アロイジーアが盗人《ぬすっと》のように駆けてきましたよ。
**パラボラーノ**　ああ！
**ロッソ**　今度はなんです？
**パラボラーノ**　まさか、悪い報《しら》せでは……

## 第十一場

アロイジーア、パラボラーノ、ロッソ

**アロイジーア**　お館《やかた》さま、わたしが手引きして、ラウラを拙宅に連れていきました。いまは、部屋で身を震わせながら、あなたさまがやってくるのを待ちかまえています。はじめての逢瀬となる今夜ばかりは、どうか約束をお守りいただき、ラウラの顔を無理に見ようとなさらぬようお願い申し上げます。ほんとうに内気な女ですので、見られたら命を絶たないともかぎりません。それと、なるたけ早めに事をお済ませください。というのも、ラウラの夫は今夜、所領の農園に出かけているのですが、ときたま夜半に帰ってくることがあるのです。夫に見つかれば、わたしたちは破滅です。

**パラボラーノ**　彼女に不快な思いをさせるくらいなら、この顔から両目をくり抜きましょう！

**アロイジーア**　少しそこらをぶらついてから、わたしの家にお入りになってください。

## 第十二場

パラボラーノ、ロッソ

**パラボラーノ**　おお、至福の夜よ、高貴な生まれの魂が、驚嘆すべき神の顔《かんばせ》を讃える以上に、わたしはお前を讃えよう！　おお、慈愛に満ちた星よ、はたしてわたしは、かかる宝を授かるのにふさわしい身だろうか？　おお、信義に篤いわが従者よ、お前にたいする感謝はいかばかりか……

**ロッソ**　（そうだそうだ、少しは俺を褒めたたえろ！）

**パラボラーノ**　おお、天使のように美しい額よ、胸よ、手よ、もうすぐわたしは、お前たちをわがものとするだろう。愛がこの上なく甘いアンブロシアを滴《したた》らせる甘美な口よ、炎に包まれるこのわたしの、お前にはおよそふさわしくない唇を、お前の甘さのなかでずぶ濡れにしてもらえないだろうか？　おお、わが女神の澄んだ瞳よ、わたしの生き死にを決める人の姿がこの目に見えるよう、部屋を照らしてもらえないだろうか？

**ロッソ**　ずいぶんと力の入った前置きだ。

**パラボラーノ**　わが婦人を讃え、かかる恵みを授けてくれた天に感謝を捧げるのは、この俺の義務だろう？

**ロッソ**　わたしはそうは思いませんね。だってわたしは、ワインが水を憎むのと同じくらい、女という生き物を憎んでますから。

# 第十三場

**アロイジーア、パラボラーノ、ロッソ**

**アロイジーア**　お館さま、静かに、ゆっくりこちらへどうぞ。わたしの手を握ってください。

**パラボラーノ**　おお、アロイジーア、ロッソ、お前たちにはいくら感謝してもしきれない。

## 第十四場

ロッソ

**ロッソ**　さっさと行け、俺たち哀れな召使いが一年中食わされている雌牛を食ってこい！　どうせなら、部屋のなかで人殺しが待ちぶせしてて、ばらばらに切り刻まれたらいいのにな。この悪党、お前には野良犬みたいな最期がお似合いだよ！

## 第十五場

アロイジーア、ロッソ

**アロイジーア**　二人っきりにしてきたよ。雌馬を前にした種馬よろしく身ぶるいして、「奥さま、奥さま」とか繰り返しながら、カプア座のスペイン人[7]よりも大げさに何度もお辞儀してたね。トーニャのことを、カンポ・サリーノだかマリアーナだかの女公爵にしてくれるとさ[8]。

**ロッソ**　俺も食指が動くなら、わが主人を王侯のごとく扱って、晩餐の毒見をしてやるんだがな。まあ、無駄話はこれくらいにしておこう。お前は毎年、もっとひどい目に遭うのがふさわしい悪人どもに、この手の施しを何件くらい与えてやってるんだ？

**アロイジーア**　いちいち数えていられないよ。そうさ、間抜けのためにローマ女を見つけてきてやるのがわたしの仕事なんだ！　あんた、信じられるかい？　田舎者ってのはどいつもこいつも、ちょっとばかしキャムレットを羽織るようになるなり、自分が御大尽になったものと錯覚して、貴婦人を連れてこいと所望するんだ。わたしはパン屋の奥方でもって連中の飢えを満たしてやり、女王を斡旋したのかと思えるほどの謝礼を受けとるって寸法さ。無様なごろつきどもだよ、実際のところ！　それで、あんたはこれからどうする気だい？

**ロッソ**　事が露見しなければ、明日には召使いの食房《しょくぼう》(9)を出るつもりだ。露見したらどうするかって？　もう身の振り方は決めてある。俺が仕出かした悪事の重大さを考えれば、絞首台に送られるに決まってるが、あいにく俺にそんなつもりはないんでね。

**アロイジーア**　たいした男だよ、まったく！

**ロッソ**　これまで生きてきて、ほんとうに恐ろしく感じたものはひとつだけだ。それはつまり、召使いの食房だよ。

**アロイジーア**　食房ってのは、あんたのように肝の据わった男でさえ恐ろしくなるものなのかい？

**ロッソ**　一度でいいから、食房に行ってみればいいさ。食卓の用意が済むのを待って、そこに並んでいるものを食えば、恐怖のあまりあの世に行けるだろうよ。

**アロイジーア**　そりゃ剣呑《けんのん》な話だね。

**ロッソ**　ひとたび食房に足を踏み入れれば、それが誰の邸宅であろうと関係なく、ひどく暗い墓穴に迷いこんだような気分になる。あそことくらべれば、墓地の方がよほど楽しい場所なんだ。夏は暑さのあまり空気が泡立ち、冬の寒さは口のなかの言葉を凍らせる。おまけにしじゅう、麝香《じゃこう》のにおいも霞むほどの強烈な臭気が充満してるときた。ペストの出どころはあそことしか考えられないな。食房を閉じさえすれば、ローマはすぐに疫病から解放されるよ。

**アロイジーア**　神よ、お慈悲を！

**ロッソ**　テーブル掛けは、画家の上っ張りよりたくさんの色に染まってるんだが、その洗濯には、前の晩に余ったラードのろうそく油が使われてる。もっとも、俺たちはたいてい、暗がりのなかで食事するんだけどな。パンは琺瑯《ほうろう》の器のように硬いし、口や手を拭く布もない。そして、食卓には毎度のように、聖ルカの母親が出てくるんだ。

**アロイジーア**　それじゃあ、聖人の肉を食うのかい？

**ロッソ**　磔《はりつけ》にされた肉だって食うともさ！　いやいや、俺が聖ルカの母親って言ったのは、画家がこの聖人を牛の姿で描くからだよ(10)。牛の母親なら雌牛だろ？

**アロイジーア**　あっはっは、そういうことかい！

**ロッソ**　しかもこの雌牛ときたら、この世のはじまりよりも年季が入っていて、小斎《しょうさい》の空腹すら逃げだしかねないひどい焼き方なんだ。

**アロイジーア**　恥を知れと言いたいね！

**ロッソ**　朝も夕も、年じゅう同じ雌牛ばかり。スープ用のだし汁は、洗濯に使う灰汁《あく》さえ甘く感じられるほどさ。

**アロイジーア**　うへえっ！

**ロッソ**　吐くのは早いぞ、もっとひどい話があるんだからな。スープにはかならず、キャベツ、油菜、南瓜《かぼちゃ》が入ってる。問題は、この野菜がいつ放りこまれたのか、誰ひとり知らないってことだよ！　さすがの俺たちも、果物と二切れのモッツァレラで口直しするんだが、こいつらは胃のなかで、銅像の息の根もとめかねない膠《にかわ》になるんだ。

**アロイジーア**　恐ろしいねえ！

**ロッソ**　そうそう、四旬節を忘れてた。なあ、聞いてくれ。四旬節には毎回かならず、断食をさせられる。だったら、四旬節が明けた日の朝くらいは、手厚く扱われてもいいはずだろう？　ところがどっこい、四尾のアンチョビか十尾の腐った小魚、それに二十五個の二枚貝が、からっぽの胃をさらなる絶望に追いやるんだ。それでも、こっちはへとへとに疲れきってるから、出されたもので腹を満たそうとするんだけどな。お次は油も塩も入ってないそら豆のスープ、そして晩には、サテュロスの口でさえぼろぼろにしかねないかちこちのパンが、せいぜい五口分だけ与えられるってわけだ。

**アロイジーア**　ああ、ああ、ああ！　人でなしの遣り口だね！

**ロッソ**　今度は夏の話をしようか。この季節は誰だって、涼しい場所で過ごしたいと考えるもんだ。だが、ひとたび食房に足を踏み入れれば、むせかえるような暑さに襲われる。そこには蝿に覆われた骨がごみの山となってそびえ、食欲は言うにおよばず、怒りすら怖気づいてしまうんだ。ワインを飲めば、少しは気も紛れるって？　誓って言うが、あそこのワインを飲むと吐き気がするぞ。薬の味のほうがまだましだよ！　ワインはぬるま湯で薄められて、一日中銅の甕《かめ》のなかに入れられてる。甕の臭いが移ってるおかげで、ワインの臭いを感じずに済むのが、せめてもの救いだよ。

**アロイジーア**　性根の腐った悪党の仕業《しわざ》だ！

**ロッソ**　百年に一度くらいは宴会が催されることもある。俺たちもおこぼれにあずかって、鶏の首やら、足やら、頭やら、その手のものをわけてもらえるんだ。ところが、そうした肉はあまりに多くの手を渡り歩いてきたせいで、ジュリアーノ・レーニ[11]が羽織るケープよりも手垢まみれになってるのさ。ひとつくらい、楽しい話を聞かせてやろうか。食房の情事にかかわるやつには、もれなくフランス病とたむしがついてくるぞ。すぐ後ろでテヴェレ川が流れてるのに、こいつらは手を洗おうともしないんだよな。俺たちの暮らしがどれだけ惨めか、これでわかっただろ？　食房の壁はいつだって泣いてるよ。まるで、そこで食事する連中の非運を嘆くかのようにな。

**アロイジーア**　あんたが食房を恐れるのも当然だね。

**ロッソ**　金曜と土曜には、決まって腐った卵が出てくる。なのに給仕する側は、とれたての卵を用意してやったとでも言いたげな、恩着せがましい態度なんだ。いちばん神に背きたくなるのは、給仕頭の傲慢な態度に触れたときだ。俺たちが最後のひと口を飲みくだした途端に、人を見下すようにばちを打ち鳴らして、部屋から追いだそうとするんだよ。口のなかに食い物がなくたって、せめて言葉があれば食事の後味も良くなるだろうに、給仕頭はそれさえも許そうとしないのさ。

**アロイジーア**　それなのに、ローマへ来て仕官する連中が後を絶たないのはどういうわけだい？　まったく、この世にこんなひどい話があるとはね。ちょっと待ちな、静かにおし！　なんてこった、悪い夢でも見てるんじゃないか。この音は、わたしの家からだよ！　心配してたとおりになったね。もうおしまいだ！　行かせとくれ、どうなったのか見てくるから。

# 第十六場

ロッソ　これで俺は、廃墟よりもぺしゃんこになった。あの男の手から逃れるには、どこへ身を隠せばいいだろう？　いやはや、なんて騒ぎだ！　パン屋の嫁も取り持ち女も、二人まとめて殺されるぞ！　のんびりしてる場合じゃないな！

ロッソ

# 第十七場

パラボラーノ　ここまで体面をけがされた男は、この世で俺ひとりだけだろう。取り持ち女と召使いの言うがままになったのだから、自業自得というものだ。たしか俺は、フィリッポ・アディマーリ殿(12)が引っかかった悪ふざけを聞いて、げらげら笑っていなかったか？　トラステヴェレに邸宅を建てるために、土台の部分を掘っていたときのことだ。ある日の夕方、四体のブロンズ像が発掘されたと聞かされたアディマーリ殿は、下着姿で、靴もはかずに、ひとりきりで狂ったようにその場へ駆けつけ、けっきょくなにも見つけられなかった。悪ふざけの餌食になったいまの俺なら、あのときのアディマーリ殿の心境がよくわかる。ピエトロ・アレティーノが枕元に置いた蝋人形を、フィレンツェ人のマルコ・ブラッチ殿(13)

パラボラーノ

が見つけたとき、俺はあの人をさんざんな目に遭わせてやった。ブラッチ殿はそれを、マルティッカ婦人[14]の手になる魔法の人形だと信じこんだ。前の日の晩、マルティッカ婦人と寝所をともにしていたブラッチ殿は、婦人が自分を愛するあまり魔法を使ったと勘違いしたんだ。フランチェスコ・トルナブオーニ殿[15]が、あんたはフランス病だとまわりに言いくるめられ、シロップを十滴ばかり飲みくだしたときは、ことのほか楽しませてもらったものだ。それがどうだ、いまの俺を笑わないものなどいるだろうか？　ヴァレリオよ、どこにいる？　お前を厄介払いしたのは間違いだった。ようやく俺は、従者には真実が見えていることを悟ったよ。

## 第十八場

**ヴァレリオ、パラボラーノ**

**ヴァレリオ**　ご主人さま、あなたの僕《しもべ》のヴァレリオはここにおります。ご主人さまがなんと言おうと、わたしをいまの境遇へ導いたのはあなたです。わたしに向けられた罵詈雑言と、いわれのない災難を招き寄せた悪しき運命に、おおいに不満を抱いております。

**パラボラーノ**　ヴァレリオよ、すべて愛が悪いんだ。愛のせいで、いつもの習慣に反して、他人の言うことを信じすぎてしまった。どうか俺を責めないでくれ。

**ヴァレリオ**　わたしが責めたいのは、あなたをはじめとする高貴な人びとの気質です。おべっか使いや腹黒い輩《やから》の言葉をこうも簡単に信用し、耳に痛い叱責など口にしない者ばかりを取りまきに揃え、忠実で公正な人物にはすこしも目をかけようとしない。

**パラボラーノ**　ああ、もうよせ！　仕方ないだろう、俺はロッソにだまされたんだ。あいつは俺に下賤な女をあてがった。ローマの貴婦人、わが生の女王を連れてくると言っていたくせに。

**ヴァレリオ**　要するに、ロッソのような手合いの戯言《ざれごと》のせいで、かくも高貴な殿方が、悪名高い取り持ち女の手に落ちたのですね。あの女といっしょに出かけていくところを、さっきこの目で見たんですよ。そして、ロッソの言葉に乗せられて、何年にもわたり忠節を尽くしてきた従者をお払い箱になさったわけだ。あなたのように、人の上に立つ者がその調子では、いつか大きな災難に見舞われますよ。うつろな欲求のために良識を失い、取り持ち屋の思うがままとなって、あらゆる嘘を聖書の言葉であるかのように真に受けるのですから！

**パラボラーノ**　頼む、それ以上は言ってくれるな！　俺は生きていることが恥ずかしいよ。決めたぞ、この家のなかにいる女と老婆を殺してやる。

**ヴァレリオ**　それこそ恥の上塗りというものです。むしろ、二人を家の外に出してやったほうがいい。このたびの悪ふざけに使われた新奇な手口について話して、いっしょに笑ってやるのです。そして、噂が広まるより先に、ご自分の口で事の顛末《てんまつ》を吹聴してください。そうすれば、今回のことは若気の至りと受けとめられて、じきに忘れさられてしまいますよ。

**パラボラーノ**　お前の言うとおりだな。ここで待っていてくれ。

## 第十九場

ヴァレリオ

**ヴァレリオ**　俺の睨《にら》んだとおり、すべてロッソの仕業《しわざ》だったか。あの男に罰がくだるよう、キリストに祈りを捧げないとな。さもないと、主君を貴婦人の虜《とりこ》にする術を心得た輩が、主君たちの主君になってしまう。やつらはそのうち、ほんとうの王侯のように、なんでも思いどおりにしようとするだろう。

## 第二十場

パラボラーノ、トーニャ、アロイジーア、ヴァレリオ

**パラボラーノ**　つまり、俺は自分が恋に落ちていることを寝言で明かし、それを聞きつけたロッソが、俺を辱《はずかし》める計画を立てたんだな？

**アロイジーア**　そのとおりでございます。閣下、どうぞお許しくださいませ。わたしが過ちを犯したのは、あまりに慈悲深く、あまりに善良であったせいなのです……うっ、うっ、うっ！

**パラボラーノ**　おや、泣いているのか！　あんな目に遭った俺が、慰める側にまわるとは！

**アロイジーア**　恋の病にお悩みになる姿を拝見し、このままでは行き過ぎた愛のために床に臥せってしまうのではないかと不安になって、かかる振る舞いにおよんだ次第です。

**ヴァレリオ**　いやはや、これは許すしかありませんな。かくも周到な企みをやってのけたのも、度を超した憐憫《れんびん》と才知のせいなのですから。
**パラボラーノ**　あっはっは！　それで、お前の毒牙にかかったのは俺が最初か？
**アロイジーア**　いいえ、まさか。
**パラボラーノ**　あっはっは、たいした女だ。もういい、気が変わった、このばかげた悪ふざけと俺の狂気を、笑いとばしてやろう！　どんな悪事も俺にはお似合いだ、避けて通らなかった俺の方が悪いんだからな。そもそもアロイジーアは、自分の務めを果たしただけだ。
**ヴァレリオ**　じつに賢明なお考えです。ところで、こちらのご婦人はずいぶんとふさぎこんでおられるご様子だ。かくも偉大な殿方と愉しみに耽ったのだから、もっと誇らしげにしたらどうです？
**トーニャ**　ああ、わたしはだまされたんです。夫の服を着せられて、無理やりここに連れてこられて……
**アロイジーア**　こら、口から出まかせを言うんじゃないよ！

# 第二十一場

**エルコラーノ、トーニャ、アロイジーア、ヴァレリオ、パラボラーノ**

**エルコラーノ**　あっ、売女《ばいた》め、ついに見つけたぞ！　おい、あばずれ！　ええい、はなせ！
**パラボラーノ**　やめろ、落ちつけ！　離れるんだ！　なんだお前、女の恰好をしているのか。あっはっは！
**エルコラーノ**　俺の嫁だ、俺が懲らしめる！

**トーニャ**　誰があんたの嫁なもんか！

**エルコラーノ**　くそ、この悪党め！　そうやってこの俺を、寝取られ亭主に仕立てる気だな。ロレンツォ・チーボさま(16)や、宮廷の枢機卿全員にお仕えするこの俺を！

**トーニャ**　それで、あんたの嫁だったらどうだっていうのよ？

**エルコラーノ**　はなせ！　とめるな！　あいつの喉を掻き切ってやる！　このエルコラーノに、角を生やすだと？

**ヴァレリオ**　この男は宮廷に出入りしているパン屋ですよ。あっはっは！　下がりなさい、落ちついて。いいから刃物を手放すんだ！

**パラボラーノ**　終わりが悲劇にならなければ、今回の笑い話は粉々に飛び散って消えてしまうさ。エルコラーノ、トーニャ、喧嘩はやめろ。この件には俺もかかわってるんだ。いさかいを収めるために、俺が身銭を切ろうじゃないか。いまの気分は悪くない。なにしろトーニャよ、お前はパン屋の妻にしては、けっして悪くない玉だからな。

**エルコラーノ**　俺のところに戻ってくるなら、こいつのことを許しましょう。

**トーニャ**　わたしは、こちらのご主人さまが望まれるとおりにいたします。

# 第二十二場

**パラボラーノ、下着姿のマーコ殿、ヴァレリオ、エルコラーノ、アロイジーア**

**マーコ殿**　スペイン人だ、スペイン人だ！
**パラボラーノ**　なんの騒ぎだ？　いったいどうした？
**マーコ殿**　スペイン人に襲われたんです！　泥棒め、獣め、ならず者め！
**パラボラーノ**　マーコ殿、これはいったいどうしたことです？　ついに頭の掛け金が外れましたか？
**マーコ殿**　悪者たちが、僕の尻に剣で穴を空けたんです！
**ヴァレリオ**　あっはっは！　たいしたオルランドだ、アイソポスの寓話(17)にでも出てきそうだな！　ポッジョの『笑話集(18)』も顔負けだ！
**パラボラーノ**　聞かせてください、なにがあったのですか？　あなたはまた、例のお仲間とつるんでいらしたようですね！
**マーコ殿**　はい、つるんでました……！　いま、ご説明します。アンドレア先生は僕のことを、ローマでいちばん立派なぴかぴかの宮廷人にしてくれました。どういう風にやったかといいますと、悪魔の望むとおりに、僕を型のなかでめちゃくちゃにして、僕が壊れたあとは、主の望むとおりに、僕を作りなおし、完璧に修理してくれたのです。修理が終わったので、僕は自分の流儀に従って振る舞いたい、すなわち、高潔に振る舞いたいと考えまして、とある貴婦人の邸宅に赴き、寝床のなかで婦人と水しぶきを上げるために服を脱いだところ、スペイン人が僕を殺そうとしたので、僕は窓から身を投げて危うく足の骨を折りそうになったのです。殿下、おわかりですか？

**ヴァレリオ**　なるほど、主は子供と狂人を助ける、というのは本当だな。では、あなたは壊れてしまったあと、ここローマで、自分を修理してくれる人物を見つけたのですね！

**マーコ殿**　はい、おかげさまで！

**ヴァレリオ**　分別というよりは強運の持ち主のようだ！　あなたより優れた資質を持つ人びとが、立派な身なりでローマにやってきたあと、見る影もないほどに落ちぶれて故郷へ帰っていくところを、わたしはこれまでさんざん目にしてきましたよ。この土地の連中は、他人の美徳や美点など気にしません。むしろ、優れた人物の体面をけがし、永遠に破滅させることしか頭にないのです。

**パラボラーノ**　あっはっは！　ヴァレリオよ、マーコ殿も家のなかにご案内しろ。この方の身に起きた話を聞けるなら、楽しみがもうひとつ増えるというものだ。まったく、俺たちが巻きこまれた騒動のことを思うと、笑いをこらえきれないよ。朝になったらパットロ[19]のところへ行って、すべて話してやってくれ。あいつは学識と機知に富む男だ。今度の件を一篇の喜劇に仕立てるよう、俺から依頼があったと伝えておくんだ。

**ヴァレリオ**　仰せのとおりに。さあ、アロイジーアさま、なかにお入りください。ご主人さまはどうあっても、あなたを客人として迎えたいようですから。

**アロイジーア**　わたしは閣下の僕《しもべ》でございます。お誘いをお受けして、過ちの償いをいたします。

**ヴァレリオ**　エルコラーノ殿の奥方も、アロイジーアといっしょにお入りなさい。そして、エルコラーノよ、お前は物事の良い面を見るようにして、額の角をはっきり見えるようにしておくがいい。それが、今日における偉大な人士の習慣なんだ。もしお前が歴史家なら、角は空から降ってきたものであることを知っているはずだ。というのも、誰もが目にしていたとおり、モーセは角を生やしていたんだからな。[20]もっと言えば、月には角が生えるものだが、[21]それでも空に浮かんでいるじゃないか。牛は角があるおかげで、大地をしっかり耕すことができる。かの名馬ブケファロス[22]にも、やはり角が生えていた。額に角を生やしていたからこそ、アレクサンドロス大王はこの馬に深い愛情を寄せたんだ。一角獣が尊い動物とされるのは、毒を制する角を額に生やしているからだろう？　ソデリーノやサンタ・マリア・イン・ポルティコの家紋にも、角が描かれていなかったか[23]？　だから、墓地のような場所で、家紋を名誉の印に掲げるのさ。覚えておいてほしいのだが、女というのは夫の額に、二本の美しい角を生やしてやる生き物なんだ。というのも、先にも言ったとおり、主は自らの手で、旧約聖書における主の最良の友であるモーセの額を、角で飾ってやったのだから。

**エルコラーノ**　俺には難しいことはわかりません。空から降ってこようが辺獄から湧いてこようが、どっちでも同じことです。もっとも、お偉方の頭には、鹿より長い角が生えてるってことなら知ってますがね。それだけじゃない。ご覧のとおり、こんなにも貧しくぶざまな男ですが、よその家の夫に生やしてやった角の数は、十本じゃくだらないんだ。まあ、この額に生えた角への仕返しは、俺がこさえたガキどもに任せるとしましょうか。それじゃ、お言葉に甘えて、俺もなかに入りますよ！

**パラボラーノ**　それとマーコ殿、あなたはご婦人とお近づきになるには、どうにも危なっかしすぎる！　女たちは、この世を破滅させる源ですよ。あいつらは学者よりも知識に富み、千年にわたり柱を支えてきた柱石《はしらいし》ですら、女の重みには耐えられないのです。ともあれ、あなたもわたしの屋敷へいらしてください。朝までに、あなたのお召し物を用意させておきましょう。ただし、今後は賢明に振る舞うこと。でないと、悪辣な女たちが、あなたをほんとうに狂わせてしまいますよ！

**マーコ殿**　性悪な女といっしょにいても、ちゃんと正気を保ちます。せっかく宮廷人になったのだから、ちょっとは落ちつきたいんです。

**ヴァレリオ**　では、この夜を笑いでやり過ごすとしましょうか。こんな楽しい気分になるとは、わたしも思ってもいませんでした。

見物してるあんたたち、芝居が長すぎるっていうんなら、ひとつ教えておいてやる。ローマではなにもかもが、ずるずると長引くものなのさ。芝居が気に入らなかったなら、こっちとしては大満足だ。見にきてくれと頼んだ覚えはないんだからな。それでも、来年までそのまま待ってれば、もっと奇天烈《きてれつ》な話が聞けるだろうさ。もしお急ぎだというんなら、シスト橋(24)でまた会おう！

【付録】
# 前口上［一五三四年版］

外国人、紳士

**外国人**　ここはまるで、アントニオ・ダ・レヴァ・マーニョさま(1)の魂のような場所だ。なんと美しく、見事に飾りたてられていることか！　なにか盛大な祭りが開かれるに違いない。どれ、あそこを歩いている紳士にひとつ訊いてみるとしよう。もし、そこのお方、ずいぶん立派な出し物が用意されているようですが、これはいったいなんなのですか？

**紳士**　じきに始まる喜劇の舞台ですよ。

**外国人**　作者は誰でしょう？　神のごときペスカラ侯夫人(2)ですか？

**紳士**　いいえ。色褪せることなき夫人の文体は、喜劇ではなく、偉大なる夫君を神々の列に加えるために揮《ふる》われたのです。

**外国人**　となると、ヴェロニカ・ダ・コッレッジョさま[3]でしょうか？
**紳士**　いいえ、コッレッジョ夫人でもありません。夫人の仕事は、その高貴なる天賦の才を、栄光に満ちた苦役に奉仕させることにあるのですから。
**外国人**　では、ルイジ・アラマンニ殿[4]でしょうか？
**紳士**　ルイジ殿は、あらゆる美徳の日々の糧である、フランス王の功績を称揚された方ですよ。
**外国人**　なら、アリオスト殿[5]ですか？
**紳士**　あわれ、アリオスト殿は天に召されました。ですから、もはや地上での栄光など必要ありません。
**外国人**　あれほどの偉人が世を去ったとは、なんと惜しいことでしょう。類まれな徳を備えているだけでなく、この上ない善意に満ちた方でもありました。
**紳士**　むしろ、この上ない悲哀に満ちた方であれば、さぞ幸福だったでしょうに……！
**外国人**　どうしてですか？
**紳士**　その手の輩はいつまでも長生きしますから。
**外国人**　無駄話はよしましょう！　そろそろ教えてください。喜劇の作者は、優美のきわみであるモルツァ殿[6]ですか？　それとも、はじめに名前を挙げるべきだった、ムーサたちの父君たるベンボ殿[7]ですか？
**紳士**　ベンボ殿でもモルツァ殿でもありません。ベンボ殿は『ヴェネツィア史』を、モルツァ殿はイッポリト・デ・メディチさまへの讃歌を書いておられます。
**外国人**　では、グイディッチョーネ[8]でしょうか？
**紳士**　いいえ。奇跡をもたらすその筆は、かような芝居には値しません。

**外国人**　なら、リッコ殿(9)の作品に違いありません。リッコ殿の手になるたいへん荘重な一篇は、教皇や皇帝の前で演じられたこともあるのです。

**紳士**　リッコ殿でもありません。いまは、より価値のある学問に精力を傾けてらっしゃいますから。

**外国人**　ひょっとして、「羊ノ品詞ハ如何《いか》ニ」の手合いの作品ですか(10)？　まさか神は、詩人たちがルター派のごとく地上にはびこることをお望みなのでしょうか？　バッカーノの森(11)の木がすべて月桂樹だったとしても、ペトラルカを磔《はりつけ》にした連中の頭を飾るには足りないでしょう。彼奴《きやつ》らはその注釈書でもって、十度の吊るし責めを受けても口にしないような言葉をペトラルカに言わせようとしているのです。そこへいくと、抜け目なく獣たちを後ろに従えていたダンテは幸運でした。でなければ、いまごろは彼もまた、十字架に掛けられていたことでしょう。

**紳士**　あっはっは！

**外国人**　たぶん、ジュリオ・カミッロ殿(12)の作品ではないですか？

**紳士**　いいえ、カミッロ殿ではありません。あいにくカミッロ殿は、その天分がもたらした奇跡のごとき偉大な建造物を、フランス王にお披露目するのに忙しくされていますから。

**外国人**　では、タッソ殿(13)ですか？

**紳士**　タッソ殿は、サレルノ公のご厚意に感謝を捧げるのに専念しておられます。そろそろ答えを明かしましょうか。これは、ピエトロ・アレティーノ殿の芝居ですよ。

**外国人**　この身が張り裂けるほど不快な思いをする覚悟がなければ、見物していく気にはなれませんね。預言や福音書記者の言葉の類を聞かされるのではないですか(14)？　あるいは、まったく関係のない内容でしょうか？

**紳士**　アレティーノ殿は、フランス王がお示しになる善意についても、途方もない熱をこめて説いていますよ。

**外国人**　王の高潔さを賛美しないものなどおりましょうか？

**紳士**　それを言うなら、フィレンツェ公のアレッサンドロさま、ヴァスト侯、そして、武勇と叡智の宝玉たるクラウディオ・ランゴーネさまのことも賞賛すべきではありませんか(15)？

**外国人**　花冠《かかん》を作るのに、三輪では足りませんよ。

**紳士**　素晴らしく寛大なマッシミアーノ・スタンパさま(16)のことも、忘れてはいけませんね。

**外国人**　ほかに名前を挙げるとしたら、どなたでしょうか？

**紳士**　ロレーヌ、メディチ、トレントでしょう(17)。

**外国人**　仰せのとおり。アレティーノ殿は、相手が誰であれ、それにふさわしい値打ちがある方には称賛を惜しみませんから。しかし、どういうわけで、「メディチ家の枢機卿、ロレーヌ枢機卿、トレント枢機卿」と仰らなかったのですか？

**紳士**　「枢機卿」が名前を台なしにしてはいけませんから。

**外国人**　ははあ、これはまたうまいことを。あっはっは！　それで、この芝居はどんな内容なのですか？

**紳士**　一時《いちどき》にふたつの笑い話が演じられます。ひとつめの筋の主役は、シエナ人のマーコ殿です。息子を枢機卿にするという、お父君が立てた誓いを現実とするために、ローマへやってきた御仁です。枢機卿になりたいと望むものは誰であれ、まずは宮廷人にならなければいけないという話を真に受けたマーコ殿は、アンドレア師を先生として迎えます（アンドレア師はマーコ殿に、自分は宮廷人を育成する教師なのだと吹きこんだのです）。そして、このアンドレア師に浴場へ連れていかれ、浴場には宮廷人を作る型があると固く信じこむにいたりました。むちゃくちゃに壊され、修理され、しまいには、ローマすべてを自分のものにしたいと言い出す始末。その顚末《てんまつ》は、どうぞこれからご覧ください。マーコ殿とならぶもうひとりの主人公が、パラボラーノ・ダ・ナポリなる殿方です（この方は、宮廷に巣食う数多《あまた》のアックルシオやセラピカ(18)のひとりで、厚かましい幸運の女神のおかげで鐙《あぶみ》や馬屋から遠ざかり、この世を治める側にまわったというわけです）。ルティオ・ロマーノ殿の奥方であるリヴィアさまに恋をしたパラボラーノは、秘めたる思いを誰にも告げずにおりましたのに、寝言がすべてを明かしてしまいました。ロッソという、パラボラーノ殿が贔屓《ひいき》にしている馬丁《ばてい》がその寝言を耳にして、主君を陥れるために一計を案じます。つまり、パラボラーノが思いを寄せているご夫人もまた、同じように彼にのぼせあがっていると信じこませたのです。そして、パラボラーノのもとに取り持ち女のアロイジーアを連れていって、この女はリヴィアの乳母だと吹きこみ、リヴィアの代わりに、パン屋のエルコラーノの妻と床入りさせてやった次第です。これから順を追って演じられるので、どうぞ喜劇をご覧になってください。わたしも、細かいところまでは覚えていませんから。

**外国人**　じつに楽しい悪ふざけのようですが、舞台はどこなのでしょうか？

**紳士**　ローマですよ。壇上の様子を見て、おわかりになりませんか？

**外国人**　あれがローマ？　なんと無惨な！　とてもそうは見えませんよ！

**紳士**　よく思い出してください。ローマはスペイン人の手によってその罪を浄《きよ》められ、これ以上はないところまで落ちぶれたのです。[19] さあ、そろそろ脇に退けるとしましょう。皆々さま、もし芝居の登場人物が、五回よりも多く舞台に姿を現しても、どうかお笑いにならないでください。[20] なにしろ、川面の水車をつなぎとめる鎖でも、近ごろの狂人どもをつなぎとめておくことはできませんから。ほかにも、喜劇の形式が然るべき規則を踏まえていなかったとしても、どうか驚きになりませぬよう。ローマとアテネでは、生活の流儀が違うのですから。

**外国人**　それを疑うものなどおりましょうか？

**紳士**　ほら、ご覧なさい、マーコ殿だ。あっはっは！

# 訳注

## 前口上とあらすじ

（1）　原文は plaudite et valete。ローマ喜劇が幕を閉じる際の定型表現。

（2）　あらすじ、浣腸、注腸の原文はそれぞれ、argumento、servitiale、cristiero。「あらすじ」を意味する argumento は、当時の医学用語では「浣腸」も意味していた。アレティーノに先立つ例として、アリオストやビッビエーナ枢機卿の戯曲にも、この多義性を利用した言葉遊びが認められる。

（3）　おそらく、レオ十世の教皇庁で訴追官を務めていたマリオ・ペルスコ。

（4）　レオ十世の寵臣フランチェスコ・ダ・カスティリオーネ。

（5）　おそらく、アンドレア師（訳注29参照）によるアレティーノ宛て書簡のなかで言及されている、画家のロレンツォ・ルエリ。

（6）　本篇のなかで、アロイジーアが「師匠」と呼んでいる女性。一五二七年のローマの人口調査台帳（*D. Gnoli, Descriptio Urbis*）には、リオーネ・ボルゴに暮らす「マイオリーナ（Maiorina）」という女性の記録がある。

（7） レオ十世の庇護を受けていた、スペインの改宗ユダヤ人。

（8） ここもやはり、argumento（あらすじ－浣腸）という語の多義性を利用した言葉遊び。「もも引き」の原語は calza だが、この語は当時、浣腸を施術する器具のことも指していた。

（9） トスカーナ地方の湿地帯。アレティーノの喜劇『マレスカルコ』の前口上や、ボッカッチョ『デカメロン』第四日第二話でも言及されている。

（10） 医師のバッティスタ・ダ・ヴェルチェッリ。ペトルッチの陰謀（枢機卿のアルフォンソ・ペトルッチが、レオ十世の毒殺を企てたとされる事件）で、教皇に毒を盛る下手人となるはずだった人物。

（11） 「コメディア（comedia）」は喜劇の意。これから上演される芝居を擬人化した表現として読める。

（12） ペルージャ人の、フランチェスコ・アルメッリーニ・メディチ（一四七〇―一五二八）。マルケの宝物庫管理人で、一五一七年にレオ十世により枢機卿に任命され、同年にカメルレンゴに就任する。

（13） 「スィニョーラ（Signora）」は「奥さま、夫人」の意だが、当時は高級娼婦（cortigiana）への呼びかけ語としても用いられていた。

（14） 朝・昼・晩に鳴らされるお告げの鐘。この鐘の音を合図に、聖母への祈り（Angelus）が捧げられる。

（15） 原文は Volto Santo。受難の日、十字架を背負うキリストの汗を聖女ヴェロニカがぬぐった際に、キリストの顔が写しとられたとされる布。

（16） 広場（Piazza）は、文脈からしてサン・ピエトロ広場を指すと思われる。要塞（Guardia）はおそらくサンタンジェロ城。レプレ（Lepre）およびルナ（Luna）という旅籠（osteria）は、ローマ人口調査台帳（前出）に記録が残っている。泉（Fonte）はおそらく、シスト橋のたもとにあった噴水「乙女の水（Acqua Vergine）」。サンタ・カテリナはサンタ・マリア・イン・カティナリ教会の俗称。

（17） 当時の文人たちのあいだで流行していた「ペトラルキズモ（petrarchismo）」への揶揄。アレティーノと同時代の人文主義者ピエトロ・ベンボ（一四七〇―一五四七）は、韻文はペトラルカ、散文はボッカッチョのフィレンツェ語（トスカーナ語）を範とすべしと主張し、文人たちの創作活動に多大なる影響を与えた。道化によれば、喜劇『コルティジャーナ』は

「トスカーナの父とベルガモの母から生まれた娘」とのことだが、ベルガモは伝統的に、粗野な言語の話される土地として有名だった。

(18) 「「品詞ハ如何ニ」の詩人」は原文ではpoeta que pars estで、正確には「詩人の品詞は何でしょうか」の意。これは四世紀のラテン語文法学者ドナトゥスが、質問と回答の形式を用いて品詞について解説した『小文法学（*Ars minor grammatica*）』の一節。ルネサンス期において、ドナトゥスの文法書は広く読まれていた。

(19) 「おだぶつになった」の原語はfe' [...] thomo。thomoは「足を宙に放りだしてこけること」の意で、ペトラルキズモの規範に外れる語彙の例として提示されている。

(20) レオ十世の宮廷に出入りしていた、詩人のピエル・ジョヴァンニ・チノット。

(21) おそらく、アレティーノの喜劇『偽善者（*Ipocrito*）』で言及されている「仕立て屋のノッカ」と同一人物。

(22) パスクイーノとは、一五〇一年にナポリの枢機卿オリヴィエーロ・カラファが、ナヴォーナ広場近くに位置する自邸の前に設置した、両手、両足、鼻を欠いた古代彫像のこと。やがて、この彫像に諷刺詩を貼りだす習慣が生まれ、それらは「パスクイナータ」と呼ばれるようになった。一五二〇年代前半、アレティーノはパスクイナータの書き手としてかまびすしい名声を博していた。「訳者解説」を参照。

(23) アポロンは詩歌・音楽などの神であり、絵画で表現される際には、アトリビュートとして弦楽器を携えていることが多い。

(24) マントヴァの宝石商で、たびたびアレティーノの諷刺の標的にされた人物。

(25) キアッソとは、現在のスイスとイタリアの国境沿いにある町の名前だが、一般名詞としては「売春宿」を意味していた。アレティーノも当然、この二重の意味を意識していたはずである。

(26) ナポリ貴族コジモ・バラバッロ。レオ十世の宮廷に出入りしていたもっとも著名な道化のひとり。一五一四年九月二十七日、ポルトガル王マヌエル一世からレオ十世に贈られた象にまたがって、バラバッロは桂冠詩人として戴冠した。

(27) 訳注2、8を参照。

(28) 訳注17を参照。この前口上では、冒頭から執拗に「あらすじ－浣腸」の言葉遊びが繰り返され、ペトラルカ風の雅やかな語彙に攻撃が加えられている。

(29) ヴェネツィアの画家、詩人で、アレティーノの友人。ユリウス二世、レオ十世、クレメンス七世の統治下のローマで、本作に描かれるような悪ふざけに興じては、宮廷人たちを楽しませていた。一五二七年の「ローマ劫掠」の際に、皇帝軍の兵士に殺されている。

(30) レオ十世の宮廷に出入りしていた音楽家、詩人。「型」の原語は forma だが、これはカスティリオーネ『宮廷人（*Il cortegiano*）』のキーワードでもある。宮廷人としての「もっとも完璧な形（la più perfetta forma）」を描き出すことがカスティリオーネの著作の目的だが、アレティーノはこの forma という語を物理的な意味に読みかえて、「型に入れて宮廷人を作る」というナンセンスな筋立てを案出している。

(31) 羊（peccora）と牛（bue）は、いずれも「まぬけ」の隠喩。要するに、「型」に入ったところでマーコ殿は、以前のままなにも変わらなかったということであろう。

(32) 訳注26で言及した象は、一五一六年六月に命を落としている。その死を題材にした「象の遺書（*Testamento dell'elefante*）」という小文は、研究者のあいだでは、アレティーノの手になるものと見なされている。

(33) 訳注22を参照。

(34) アックルシオはミラノ人のフランチェスコ・ダ・カッツァニーガ。一介の宮廷人から教皇付きの従僕に成り上がった。セラピカはアクイラ生まれのジョヴァンニ・ラッツァーロ・デ・マジストリス。背が小さく、いつもレオ十世にまとわりついていることから、ローマ方言で「蚊」を意味する「セラピカ（serapica）」という徒名がつけられた。一部の研究者のあいだでは、アレティーノの作とされる「ある宮廷人の嘆き（*Lamento de uno cortigiano*）」という小文は、宮廷におけるセラピカのキャリアに想を得た作品ではないかと推測されている。

(35) 「倫理学」は原文では le philosophie morale。「小難しい話」程度の意味合いか。

(36) マルケの小村。

(37) ローマ人口調査台帳（前出）に、「リティオの妻ラウラ、ローマ人（Laura de Lutiis romana）」という記録が残っている。

(38) 一五五四年に刊行されたジラルディ・チンツィオの演劇理論書『喜劇と悲劇にかんする議論（*Discorso sulle commedie*

*e sulle tragedie*)』には、各登場人物が舞台に登場する回数は五回（あるいは、最大でも六回）までにすべきだとする記述がある。そして、このルールは実際に、十六世紀前半の劇作家たちから尊重されていた。ただし、ラリヴァイユによれば、この規則の解釈は、戯曲の書き手によって二通りに分かれるという。ひとつは、アリオストの例に見られるように、「戯曲全体で五回ないし六回まで」とする解釈であり、もうひとつは、マキャヴェッリやアレティーノのように、「一幕につき五回ないし六回まで」とする解釈である。たとえば、『コルティジャーナ』一五二五年版の第二幕では、アレティーノはこの規則を破るために、律儀にもマーコ殿を舞台に七回登場させている（複数の「場（scena）」に連続して登場している場合は、一回の登場としてカウントする）。

(39)　ジャン・ピエトロ・カラファ枢機卿（一四七六―一五五九）。一五五五年にパウルス四世として教皇に即位する。対抗宗教改革の陣頭指揮をとった、きわめて厳格な教皇として知られる。一五五九年、パウルス四世の監督のもとに禁書目録が出版されるが、そのリストにはアレティーノの全著作が含まれていた。

(40)　フィレンツェ人の聖職者。一五一四年まで、プーリア地方トロイアの司教。レオ十世の宮廷に出入りしていたもっとも著名な道化のひとり。

## 第一幕

(1)　「屍都」は原文では capus mundi。「世界の都」を意味する caput mundi の言い間違い。なお、『コルティジャーナ』の一五三四年版では、第一幕第一場の冒頭は次のように改変されている。

**マーコ殿**　たしかにローマは世界の尾っぽ（coda mundi）だ。

**サネーゼ**　それを言うなら屍都（capus）でしょう。

(2)　「もしここに来なかったら、パンに黴が生えていた」とは、「ほんとうは来たくなかったのだけれど、来ないとひどい目に遭うので、仕方なく来た」という意味の諺。

(3)　マジパンの原語は marzapani。刻んだアーモンド、卵白、砂糖を原材料とする。ベリココリ（bericuòcoli）は、松の実、ピスタチオ、あるいはアーモンドなどがあしらわれた蜂蜜入りのクッキー。

（4）『モルガンテ（*Morgante*）』はフィレンツェの詩人ルイジ・プルチ（一四三二―一四八四）の作品。ここで言及されているキツツキとオウムのエピソードは、一四六二年に起きたとされる史実。あるシエナ人が、一羽のキツツキをオウムだと思いこんで購入し、ピウス二世に献呈したと言われている。シエナ人の愚かしさを示すエピソードとして、『モルガンテ』第十四歌五三連で言及されている。

（5）『ヨハネによる福音書』一章十四節、「言葉は肉となった（Et Verbum caro factum est）」からの引用。ここではおそらく、聖顔布（「前口上とあらすじ」訳注15を参照）のことを指していると思われる。

（6）「前口上とあらすじ」訳注4を参照。

（7）カスティリオーネ『宮廷人』への仄めかし。「前口上とあらすじ」訳注30を参照。

（8）いずれも架空の役職。ローマ近郊に実在するバッカーノ、ストルタ、トレ・カパンネは、いかがわしく物騒な界隈として知られていた。

（9）原文ではS.P.Q.R（Senatus Populusque Romanus）。ローマの公共建造物に記されている頭字語で、現在でも町のいたるところで目にすることができる。

（10）篤信王（Cristianissimo）はフランソワ一世を指す。アレティーノは一五二四年に『皇帝とフランス王の和解の勧め（*Esortazione de la pace tra l'imperatore e il re di Francia*）』と題されたカンツォーネを公表しているので、『篤信王と皇帝の和解』は自作への仄めかしか。『囚われの王』もやはりフランソワ一世を指す。フランス王は一五二五年のパヴィアの戦いに敗れて捕虜となり、一五二六年までスペインの牢獄に幽閉されていた。キエーティの司教については「前口上とあらすじ」訳注39を参照。修道士マリアーノの『奇想』は、当時の宮廷人のあいだでは広く知られていた作品。マリアーノはもともと床屋だったが、レオ十世に引きたてられて聖職者となった人物で、当時の宮廷のもっとも著名な道化のひとり。ストラシーノは、シエナ人ニッコロ・カンパーニ（一四七八―一五二三）のあだ名。カンパーニは俳優、劇作家、詩人として、レオ十世の宮廷で名声を博していた。ガエータの修道院長については「前口上とあらすじ」訳注26を参照。『荷押し車（*La caretta*）』はおそらく、『フェッラーラのコルティジャーナの嘆き（*Lamento di una cortigiana ferrarese*）』のこと。この作品はもともとアンドレア師の手になるものとされていたが、後年に書かれたアレティーノの『ラジョナメンティ』（*Ragionamenti*）

ではアレティーノ本人の作品であると述べられている。その帰属については、現在もはっきりした結論が出ていない。『破滅した宮廷人（*Il cortigiano falito*）』は、アレティーノによる『ある宮廷人の嘆き（*Lamento de uno cortegiano*）』と見るのが妥当だろう。

（11）「ミラノ公」、「フランス王」の言い間違い。

（12）バヨッコ（baiocco）とは、一八六六年まで教皇領で使用されていた銅貨。

（13）ここでサネーゼが読んでいるのは、『フェッラーラのコルティジャーナの嘆き』（訳注10を参照）の冒頭部分。マードレマ・ノン・ヴォーレ（「母さんがダメって」の意）とロレンツィーナは、当時のローマに実在した著名な高級娼婦。

（14）原文では senatore。ローマの行政組織の長に与えられる官職で、治安の維持をその主たる職務とする。

（15）カプアの修道院長は、聖ヨハネ騎士団の要職。当時の教皇クレメンス七世がかつてこの役職に就いていたことから、カッパの台詞は教皇を念頭に置いたものだとする解釈が一般的だった。しかしトロヴァートは、自身の庇護者である教皇にアレティーノがこのような文脈で言及することは考えにくいとしてこの説を退け、ここで暗示されているのはヴァルキの『フィレンツェ史（*Storia fiorentina*）』でも言及されているジョルジョ・リドルフィであるとする説を提示している。

（16）キプロス王（re di Cypri）はおそらく、ジャック二世の死後に王位の継承を狙っていた人物のなかのひとりを指す。なかでも可能性が高いのは、ジャック二世の息子で当時ローマに暮らしていたウジェーヌ・ド・リュジニャン。フィオッサの君主にかんしては、人物の特定につながる史料が残っていない。

（17）一五一六年に、レオ十世にファーノの統治者に任命されたコスタンティーノ・アレネーティ・コムネーノ。

（18）ラファエーレ、ロマネッロはともに、ローマ人口調査台帳（前出）に記録が残っている。後者は『コルティジャーナ』二五年版の第四幕第十五場に登場する。

（19）原文では ser Adriano。教皇ハドリアヌス六世（在位一五二二—二三）を指す。神聖ローマ帝国皇帝カール五世の家庭教師を務めていたことから、蔑みを込めて ser（先生）と呼ばれていた。アレティーノのパスクイナータ（大理石像パスクイーノに貼られた諷刺詩。「前口上とあらすじ」訳注22および「訳者解説」を参照）でたびたび槍玉に挙げられている。

（20）レオ十世およびクレメンス七世統治下のローマで名声を博していた高級娼婦。アレティーノの『淫蕩ソネット集

（*Sonetti lussuriosi*）』でも言及されている。

（21）　著名なブドウ品種。アレティーノの喜劇『タランタ（*Talanta*）』でも言及されている。

（22）　レオ十世によりヴェルッキオの伯爵に任命された、ドイツ生まれの著名なリュート奏者ジャン・マリア。第三幕第十六場でふたたび言及されている。

（23）　シスト橋の周囲は、乞食の救貧院や多数の娼館が集まる場所として悪名高かった。

（24）　コロンナ家とオルシーニ家はどちらもローマの有力貴族で、互いにライバル同士の関係にあった。

（25）　ユリウス銀貨は、教皇ユリウス二世（在位一五〇三―一三）の治世下で鋳造されていた銀貨。一枚で一〇バヨッコ（訳注12を参照）と同等の価値がある。

（26）　死者の魂の安息を願い、三十回または四十回繰り返されるミサ。

（27）　ビリヤードに似た盤上球技。

（28）　原文では pota da Modena。モデナでは司法長官（podestà）のことを potta と呼ぶ習慣があったが、ロンバルディア地方で potta（または pota）といえば「女性器」のことを指す。Modena と Madonna（聖母）の音の類似も相俟って、pota da Modena という言い回しは卑猥な冗談として機能している。

（29）　バルコ（Barco）は、ティブルティーナ通りにあったトラバーチン（石灰岩の一種）の石切り場。テルミネの樽（Botte di Termine）は、ディオクレティアヌスの浴場に付設されていた円形の貯水槽。テスタッチョ（Testaccio）は、ラリヴァイユの解釈によれば、ラテン語の testa（「土製の容器、陶器の破片」などの意）に由来する表現で、陶器の破片が積み重なってできた丘のこと。

（30）　「前口上とあらすじ」訳注22を参照。

（31）　マーコ殿の八行詩は、『カトーの対句（*Disticha Catonis*）』、ウェルギリウス『牧歌』、オウィディウス『名高き女たちの手紙』のテキストを適当に継ぎはぎしたもの。『コルティジャーナ』二五年版の批評校訂版を最初に手がけたインナモラーティが、その典拠を入念に突きとめている。

（32）　一五二四年から二五年にかけてのローマで共同事業を開始した、印刷業者のルドヴィーコ・アッリーギ・デ・ヴィチエンチェおよびラウティツィオ・ディ・バルトロメオ・デ・ロテッリ。彼らの印刷所からは、一五二四年の末から二五年のはじめにかけて、アレティーノによる『クレメンス七世に捧ぐラウダ（*Laude di Clemente VII*）』、『皇帝とフランス王の和解の勧め』（訳注10を参照）、『掌璽院長を讃えるカンツォーネ（*Canzone in laude del datario*）』という三篇の詩が刊行されている。

## 第二幕

（1）　十五世紀末、教皇インノケンティウス八世（在位一四八四―九二）の命により、ヴァチカン宮殿内に「ベルヴェデーレ宮」が建造された。その後、ユリウス二世（在位一五〇三―一三）の要請を受けたブラマンテの設計により、「ベルヴェデーレの中庭」と、半球のドームに覆われた半円形の壁龕が建造される。ここでロッソが念頭に置いているのは、おそらくユリウス二世の方であろう。

（2）　ブランディーノは、ロドスの騎士でピサ生まれのドメニコ・ブランディーノ。モーロ・デ・ノービリは、フィレンツェ人のジョヴァン・バッティスタ・デ・ノービリ。二人とも、レオ十世の宮廷に寄食する道化で、著名な大食漢だった。

（3）　ボルゴ・ヴェッキオ（字義通りには「古い地区」の意）はヴァチカンへ続く二本の狭い通りのうちのひとつで、現在のコンチリアツィオーネ通りの位置にあった。イタリアでは、コジモ・イル・ヴェッキオ、パルマ・イル・ヴェッキオのように、同族の年長者と年少者を区別するために、前者を「ヴェッキオ（老人の意）」という通称で呼ぶことがある。マーコ殿はそのせいで、「ボルゴ・ヴェッキオ」を人物の名と勘違いしてしまったのだろう。コルテ・サヴェッラは、バンキ地区にあった裁判所、牢獄。トッレ・ディ・ノーナは、サンタンジェロ城の正面、テヴェレ川沿いに立っていた牢獄で、アンドレア師が仄めかしているように、極刑が施行される場所でもあった。シスト橋については第一幕訳注23を参照。ディエトロ・バンキ（バンキ地区の裏）は、多数の娼館がひしめき合っていた界隈。

（4）　松ぼっくり（Pina）は、ベルヴェデーレの中庭（訳注1を参照）に置かれている松かさの銅像のこと。小舟（Nave）は、当時のサン・ピエトロ大聖堂の、中庭の柱廊に描かれていたジョットのモザイク画を指す。イタリア語の「船（nave）」に縮小辞がつくと navicella となるが、navicella di Pietro（ピエトロの小舟）とはローマカトリック教会の換称。墓

(Camposanto) は、ヴァチカンのテウトニコ通りに位置する墓地。尖塔 (Guglia) は、もともとネロ帝の競技場に設置されていたオベリスクのこと (一五八六年にサン・ピエトロ広場に移設され、現在にいたる)。

(5) アレッシオ・チェラドニオ。アレクサンデル六世、ユリウス二世の治世下で教皇庁の書記官を務め、一五〇八年にモルフェッタの司教に任命される。

(6) ナポリ人のフェルディナンド・ポンツェッタ。アレッシオ・チェラドニオ (訳注5を参照) が没した一五一七年にモルフェッタの司教に任命され、同年七月一日に枢機卿となる。

(7) 原文では mal francioso。梅毒のこと。シャルル八世がナポリを占領した後、梅毒がイタリア半島に急速に広まったため、「フランス病」という名前がついた。なお、シャルル八世の軍隊がナポリから帰還した後、フランスではこの病は「ナポリ病 (le mal de Naples)」と呼ばれるようになった。

(8) 聖グレゴリウスのミサについては、第一幕訳注26を参照。聖ユリアヌスの主の祈りは、快適で安全な旅を祈念するための祈禱。

(9) ベネヴェントの巨大なくるみの木のまわりに魔女や魔法使いが集まるという言い伝えは、ルネサンス期に広く流布していた。十九世紀、ベネヴェントの酒造業者アルベルティはこの伝説をもとに、自身が開発したリキュールに「ストレーガ (魔女)」の名を与えている。イタリアでもっとも影響力のある文学賞のひとつ「ストレーガ賞」は、同酒造業者の創業家一族のひとりグイド・アルベルティが一九四七年に創設したもの。

(10) マッジョリーナ婦人の名は、二人の道化による前口上のなかでも言及されている。「前口上とあらすじ」訳注6を参照。

(11) パリオーネ (Parione) は、パスクイーノ像 (「前口上とあらすじ」訳注22を参照) が立っているローマの地区名。ロレンツォ・カポヴァチーナ・ディ・リエロについては、人物を特定する史料が残っていない。インナモラーティによれば、当時のローマでは、八月半ばに聖母を讃える祝祭が行われるのに合わせて、街区の有力者は罪人の恩赦を得ることができたという。この場面のロッソの台詞は、そうした習慣を背景にしたものだろう。

(12) 当時は、晒し刑の一環として、罪人に紙で作った偽物のミトラをかぶらせる習慣があった。

(13) この出来事について伝える史料は残っていない。
(14) マーコはここで、アンドレア師が言った「モザイク(musaico)」という言葉を、「音楽(musica)」と取り違えている。
(15) 原文には単に「手(la manno)」とあるが、訳文では言葉を補い「グイードの手」とした。グイードとは中世イタリアの音楽理論家グイード・ダレッツォを指す。「ウト(ut)、レ(re)、ミ(mi)、ファ(fa)、ソル(sol)、ラ(la)」の六音節からなる階名唱法の基礎を定めた人物。「グイードの手」とは、視唱(初見で歌うこと)を容易にするために編み出された記憶法の一種で、指先や手の関節の各所に、六音音階の特定の音を対応させるというもの。
(16) サン・レオはマルケ州に立つ難攻不落の要塞。一五〇二年にチェーザレ・ボルジアが、一五一六年にロレンツォ・デ・メディチが陥落させている。
(17) ローマの高級娼婦。アレティーノの書簡(アーニョロ・フィレンツオーラ宛て、一五四一年十月二十六日付け)のなかにもその名前が認められる。
(18) マンドラゴラは地中海地方産のナス科の有毒植物。かつては催眠剤・媚薬などとして用いられた。イタリア・ルネサンス喜劇を代表する一篇であるマキャヴェッリ『マンドラゴラ』では、懐妊を促す薬草としてマンドラゴラが取り上げられている。
(19) アーサー王伝説に登場するモーガン・ル・フェイのこと。アーサー王の妹とされる妖精。アリオストやタッソの作品にも登場する。
(20) 原文では strambotto に縮小辞のついた strambottino だが、訳文では単に「ストランボット」とした。ストランボットは、十四世紀から十五世紀にかけてイタリア半島の各地に広まった詩の形式。十一音節の八行詩(または六行詩)の形式をとり、恋愛や諷刺をテーマとする。アンジェロ・ポリツィアーノ(一四五四—一四九四)の作品が有名。後代では、カルドゥッチ(一八三五—一九〇七)やパスコリ(一八五五—一九一二)といった詩人もこの形式の作品をものしている。
(21) 居酒屋の入口には、看板の代わりに月桂冠が飾られていた。
(22) 「食房」の原語は tinello。召使いたちが共同で食事をとる部屋を指す。第五幕第十五場には、ロッソが食房の恐怖について語る有名な場面がある。

(23) シャルルマーニュに仕えるパラディン（十二勇士）のひとり。プルチの『モルガンテ』、ボイアルドの『恋するオルランド』、アリオストの『狂えるオルランド』など、ルネサンス期のもっとも著名な騎士道物語詩に登場している。

(24) 第一幕第二場における「バッカーノの枢機卿」「ストルタの司教」「トレ・カパンネの大司教」と同じく、いずれも架空の役職。ノルチャはウンブリアの小村で、中世以来、妖術のはびこる土地として有名だった。トーディはウンブリアの小村だが、アレティーノがなぜこの土地を持ち出してきたのかは判然としない。バッカーノについては第一幕訳注8を参照。

(25) マルフォリオは河神（おそらくテヴェレ川の神）の像。マルフォリオ広場に設置されていたためにこの名で呼ばれる。パスクイーノ（「前口上とあらすじ」訳注22を参照）と同じく「喋る像」であり、一方の像に貼られたパスクイナータが、もう一方の像のパスクイナータへの応答となっていることがよくあった。

(26) サピエンツァ・カプラニカは、ドメニコ・カプラニカ枢機卿が一四五六―五七年に設立した、神学を修めるための大学。現在はアルモ・コッレージョ・カプラニカと名を変えている。「ラ・サピエンツァ」の通称で呼ばれるローマの国立大学とは起源が異なる。

(27) 第一幕訳注10を参照。

(28) 「前口上とあらすじ」訳注26を参照。

(29) 古くからボルゴ地区で運営されていた病院。一四七五年ごろ、シクストゥス四世によって拡張された。

(30) 原文は Pesadeos。ペトロッキによれば、スペイン語の pese a dios（「神をも気にかけず」の意）という表現は、広義にはユダヤ人、狭義には改宗ユダヤ人のことを意味していた。

## 第三幕

(1) 第二幕訳注3を参照。

(2) ボイアルド『恋するオルランド』を念頭に置いた台詞。

(3) パラボラーノの言い間違い。なお、シエナ近郊にはラポラーノ・テルメという湯治場がある。

(4) ロレンツィーナについては第一幕訳注13を参照。ベアトリーチェは、スペイン出身の高級娼婦ベアトリーチェ・パレージャ。

（5） 司教がミトラ（司教冠）をかぶるのは当然のことだが、ここでアロイジーアが仄めかしているのは、晒し台で罪人にかぶせられる紙製のミトラのこと（第二幕訳注12を参照）。

（6） 罪人の頭にかぶせるミトラには、しばしば絵が描かれていた。この台詞の前にある「立派な馬車（bel carro）」とは、罪人を乗せて公衆の前で引きまわすのに使われた馬車のことか。

（7） パヴィアの戦いの敗北により、フランス王は一五二五年二月から一五二六年一月まで囚われの身となっていた。第一幕訳注10を参照。

（8） アンコーナ司教はピエトロ・アッコルティで、一五一一年より枢機卿。その甥でラヴェンナ大司教のベネデット・アッコルティは、一五二七年に枢機卿になる。

（9） 人物を特定する史料が残っていない。

（10） 人物を特定する史料が残っていない。

（11） 当時のミラノでは、スフォルツァ家のフランチェスコ二世が、スペインの支配から脱しようともがいていた。フェッラーラでは、エステ家のアルフォンソ一世の統治のもと、豊かな宮廷文化が花開いていた。パヴィアの戦いにおけるフランス王の敗北の後、アルフォンソ一世はカール五世との関係改善に苦慮していた。当時のナポリは、すでにスペインの支配下にあった。ウルビーノ公フランチェスコ・マリア・デッラ・ローヴェレは、一五一六年にレオ十世から破門されウルビーノ公の地位を追われるが、レオ十世が没した後、一五二一年に公の座に返り咲いている。一五二三年、レオ十世と同じくメディチ家出身の教皇クレメンス七世が即位すると、イタリア半島におけるウルビーノ公の影響力は衰退していく。

（12） フェデリコ閣下とは、ゴンザーガ家のフェデリコ二世（一五〇〇—一五四〇）を指す。文人や芸術家の庇護者として有名だった。一五二三年と、一五二六—二七年、アレティーノはマントヴァ宮廷に身を寄せている。

（13） 「われらが主」と訳出した箇所は、原文ではSua Santitàで、これは教皇クレメンス七世を指す。ヴァレリオは「兄君のレオさま（Leon suo fratello）」と言っているが、レオ十世はクレメンス七世の兄ではなく年長の従兄弟。

（14） アンジェラ・グレーカについては第一幕訳注20を参照。グレーコは、グレーコ種のブドウから作るワインのこと。ベアトリーチェについては訳注4を参照。

(15) いずれもローマの高級娼婦。第一幕訳注13を参照。

(16) 「前口上とあらすじ」訳注22を参照。

(17) ローマ人のアントニオ・レーリ（またはレッリ）。諷刺詩人。レオ十世の統治下や、同教皇が没したあとのローマで、パスクイナータ（「前口上とあらすじ」訳注22を参照）の書き手として活躍した。パスクイーノ像が立っていたパリオーネ地区（第二幕訳注11を参照）の住民。

(18) 「前口上とあらすじ」訳注30を参照。

(19) 史料はとくに残っていないが、ペトロッキは、ローマの宮廷人チェーザレ・デ・ジェンナーロではないかと推測している。

(20) プリアポスは豊穣多産の神。イタリアでは果樹園や農園の守護神とされ、イチジクの木に勃起した男根が刻まれた神像で表現される。ここでは、性的な興奮状態に陥っているマーコ殿を暗示している。

(21) 第三幕第十六場は明らかに、マキャヴェッリ『マンドラーゴラ』の第三幕第三場を下敷きにしている。

(22) ローマのカンピドリオの丘に立つ、サンタ・マリア・イン・アラコエリ教会。

(23) おそらくは歴史上の人物だが、ペトロッキが指摘するように、十六世紀の喜劇において「ティンカ隊長（il capitan Tinca）」とは、「ほら吹き（miles gloriosus）」の典型であった。アレティーノの喜劇『タランタ（*Talanta*）』にも、同名のキャラクターが登場する。

(24) 原文ではGaligut。おそらくカルカッタの言い間違い。言うまでもなく、カルカッタ（コルカタ）はトルコではなく、インドの都市である。

(25) 第一幕訳注22を参照。

(26) 雌牛は少女、仔ヤギは少年を暗示している。

(27) 第一幕訳注26を参照。

## 第四幕

（1）　原文ではLyppograssus。古代ギリシアの医聖ヒポクラテス（Hippocrates）の言い間違い。

（2）　ヴェネツィアの版元アルド（アルドゥス）から刊行されていた小型携帯本『ペトラルキーノ』を指すと思われる。これは、ペトラルカ主義の流行を受け、『カンツォニエーレ』、『凱旋』を手軽に持ち運べる版型で刊行したもので、現在の文庫本（イタリアでは「ポケットに入る版」という意味でtascabileと呼ばれる）の先駆けといえる。アレティーノの『ラジョナメンティ』には、馬上の騎士が片手に詩集を持ちながら、高級娼婦に向かって恋の歌を読みあげる場面がある。「鏡のようにぴかぴかの馬にまたがり、足の先っぽだけを突っかけているあぶみの傍らに召使いを従えて、ゆらりゆら―りと行ったり来たりしながら、ペトラルキーノを手に持ってきざっぽく歌っていたの。「わが覚えるが、愛にあらずば何であろう？」ってな具合にね」。

（3）　原文ではtrant fabrilia fabri。ホラティウス『書簡集』第二巻一一六行の、tractant fabrilia fabri（匠の業を為すは匠なり）を言い間違えたもの。

（4）　原文ではBartolomeo Coglione。著名な傭兵隊長バルトロメオ・コッレオーニの名前を、意図的に言い間違えたもの。コリオーネ（coglione）は「睾丸」の意。マラテスタ家はリミニとその周辺を統治下に置いていた封建領主で、多くの傭兵隊長を輩出している。

（5）　「前口上とあらすじ」訳注34を参照。

（6）　ローマ人口調査台帳（前出）には、カテリーナ・ピエモンテーゼという高級娼婦の記録がある。

（7）　rendere pan per focaccia（字義通りには、「フォカッチャのお返しにパンを贈る」）は、「仕返しをする」という意味の成句。ボッカッチョ『デカメロン』（第五日第十話、第八日第八話）にも見られる表現。

（8）　ユリウス二世、レオ十世の統治下で公訴官の任にあった、著名な法学者アンジェロ・チェージ。

（9）　当時の時間の数え方は現在とは異なる。「第五時（cinque ore）」は、「日没から五時間半後」を指す。現在の午後十一時前後に相当。

（10）『カンツォニエーレ』第二四四歌の冒頭。

（11）「三十一（trentuno）」とは集団強姦の一形式。ひとりの女性にたいして三十一人の男が次々と襲いかかることからこの名で呼ばれた。アレティーノの年少の友人だった、ヴェネツィア貴族のロレンツォ・ヴェニエは、『ザッフェッタの三十一（*Il Trentuno della Zaffetta*）』という好色な詩作品をものしている。

（12）原文では Chi ha capre ha corna。「妻というのは浮気をするものだ」を意味する諺。ヨーロッパには古くから、寝取られ亭主の額には角が生えるという伝承があった。

（13）「コルネートの生まれ」も「チェルヴィアの生まれ」も、寝取られ亭主を暗示している。コルネート（Corneto）は、寝取られ亭主を意味する cornuto にひっかけた言葉遊び（なお、corno は「角」の意）。チェルヴィア（Cervia）の綴りからは「鹿（cervo）」が連想されるが、周知のとおり、鹿には立派な角が生えている。つまり「チェルヴィアの生まれ」とは、「鹿のような角を生やしたきわめつきの寝取られ亭主」を含意している（訳注12を参照）。

（14）『創世記』（八章六―七）を踏まえた台詞。ノアは洪水のあと、箱舟の窓からカラスを放してその帰りを待った。

（15）悪ふざけ（beffa）に凹面鏡を利用するというアンドレア師のアイディアは、ローマの芸術家サークルのみに通じる、内輪の笑いを狙ったものと推測される。初期マニエリスムの画家パルミジャニーノが、かの有名な凸面鏡の自画像を携えてローマを訪れたのは、『コルティジャーナ』が執筆される前年の一五二四年のことであった。この絵画はいったんクレメンス七世の手に渡ったあとで、アレティーノの所有になったことが分かっている。したがって、喜劇の執筆時にアレティーノがパルミジャニーノの自画像を所有していた可能性はきわめて高い。つまり、喜劇のなかで凹面鏡に映し出されたマーコの姿は、凸面鏡を利用して描かれたパルミジャニーノの自画像のパロディとして解釈できる。

（16）アラチェーリ（Araceli）とは、サンタ・マリア・イン・アラコエリ教会を指す。第三幕第十六場でも言及されている。

（17）フォルリ人のクリストフォロ・ヌマイ（?―一五二七）。「小さな兄弟会」の総会長。

（18）「前口上とあらすじ」訳注12を参照。

（19）あたかも、間近に迫った「ローマ劫掠」を予言しているかのような箇所。『コルティジャーナ』を執筆した一五二五年にアレティーノはローマを離れているが、その二年後にカール五世の皇帝軍がローマを蹂躙する。『コルティジャーナ』

の登場人物アンドレア師は、ローマ劫掠の際に殺害されている。

（20）「生ヨ、悦ビヨ（vita dulcedo）」はカトリックの祈禱文「サルヴェ・レジーナ（元后、憐れみの母）」の一節。「カクテ言葉ハ肉トナレリ（et verbum caro factum est）」は『ヨハネによる福音書』一章十四節からの引用。

（21）「主の祈り（Pater noster）」の一節。

（22）原文ではLadri visibilium et invisibilium。ミサにおける祈禱文「信仰宣言（Credo）」の一節、visibilium omnium et invisibilium（すべての目に見えるものと見えないもの）を踏まえたもの。

（23）原文ではsalmi pestilentiali（有害なる詩篇）。salmi penitentiali（悔悛の詩篇）の言い間違い。

（24）原文ではLaudate pueri Dominum。『詩篇』（一一三章）からの引用。

（25）第二幕第十二場で歌われていた、マーコ殿のストランボット。

（26）「鉛の修道士（frate del piombo）」とは、回勅に鉛で封をする任を負った修道士のこと。当時この役職にあったマリアーノ・フェッティ（第一幕訳注10を参照）は、大食漢として有名だった。

**第五幕**

（1）第三幕訳注8を参照。

（2）『恋するオルランド』、『狂えるオルランド』などに登場する若き女戦士。アレティーノ自身も、のちに『マルフィーザ（*Marfisa*）』と題された騎士道物語詩をものしている。

（3）アルメッリーニ枢機卿（「前口上とあらすじ」訳注12を参照）の愛人。パスクイナータでもたびたび言及されている。

（4）ガブリエル・チェザーノ（一四九〇―一五六八）はピサの文人。ジョアン・トマーゾ・マンフレーディは、ロマーノによれば、ウルビーノ公爵夫人エレオノーラに仕える在ローマの使節。クレモナの司教はベネデット・アッコルティ（第三幕訳注8を参照）。この人物は一五二三年から二四年までクレモナの司教を務め、その後ラヴェンナの大司教に就任している。

（5）当時の掌璽院長（「掌璽院」とは、聖職給付き聖職志願者の適格審査などをするローマ教皇庁の部局のこと）は、ジョヴァンニ・マッテオ・ジベルティ（一四九五—一五四三）。喜劇『コルティジャーナ』が執筆されたのは一五二五年の春のことだが、同年七月、アレティーノはジベルティが放った刺客に襲われ、瀕死の重体に陥る。奇跡的に一命をとりとめた彼はローマを出奔し、ジョヴァンニ・デッレ・バンデ・ネーレの陣営やマントヴァ宮廷に身を寄せたあとで、終の棲家となるヴェネツィアに居を定める。ラヴェンナの大司教については第三幕訳注8を参照。

（6） ダンテ『神曲』「地獄篇」第三歌五一行への仄めかし。この台詞が呼び水となって、宮廷と地獄の対比が語られている。

（7） ナポリやそのほかの南伊の都市では十四世紀ごろから、「座（Seggio）」と呼ばれる有力な貴族集団にさまざまな権限が付与されていた。ナポリにはもともと五つの「座」が存在したが、十六世紀当時も存続していたのは、「カプア座（Seggio Capuano）」を含め二つだけだった。

（8） 第一幕第二場における「バッカーノの枢機卿」「ストルタの司教」「トレ・カパンネの大司教」と同じく、いずれも架空の地位。カンポ・サリーノはローマ市外に広がる湿地帯。マリアーナはローマ近郊の農村地帯。

（9） 食房の原語は tinello。第二幕訳注22を参照。

（10） 雄牛は聖ルカのアトリビュート。聖ルカの傍らに牛が控えていることもあれば、聖ルカ自身が牛の姿で表象されることもある。

（11） フィレンツェ人の占星術師。パスクイナータでもたびたび言及されている。

（12） ジュリオ・デ・メディチ（クレメンス七世）とともにローマへやってきたフィレンツェの貴族。

（13） レオ十世の宮廷に出入りしていたフィレンツェ出身の宮廷人。

（14） ローマの高級娼婦。

（15） レオ十世の即位後にローマに居を定めたフィレンツェの貴族。

（16） レオ十世の甥で、インノチェンツォ・チーボ枢機卿の弟。クレメンス七世によりスポレートの領主に任命され（一五二四年）、後に、教皇領の軍隊の司令官となる。

（17） アイソポスは古代ギリシアの寓話作家。いわゆる『イソップ物語』の作者とされる人物。

（18）　ポッジョ・ブラッチョリーニ（一三八〇―一四五九）はイタリアの人文主義者。代表作の『滑稽譚（*Liber facetiarum*）』は、猥雑で公序良俗に反するような笑い話を集めた物語集。

（19）　フィレンツェ人のバルトロメオ・パットロ。レオ十世の宮廷に出入りしていた詩人。

（20）　絵画や彫刻作品では、モーセは角を生やした姿で表象されることが多い。なかでも、ミケランジェロのモーセ像が有名。

（21）　イタリア語の luna cornuta（字義どおりには「角を生やした月」の意）という表現は、「三日月」のことを指す。

（22）　アレクサンドロス大王の愛馬。

（23）　ソデリーノはおそらく、ヴォルテッラの枢機卿フランチェスコ・ソデリーニ（一四五三―一五二四）。その紋章には三本の鹿の角があしらわれていた。サンタ・マリア・イン・ポルティコは、ベルナルド・ドヴィーツィ・ダ・ビッビエーナ（一四七〇―一五二〇）。一五一三年、レオ十世によりサンタ・マリア・イン・ポルティコの枢機卿に任命されている。その紋章には交差する二本の角があしらわれていた。

（24）　第一幕訳注23を参照。

**前口上〔一五三四年版〕**

（1）　カール五世に仕えていたスペイン人の将軍アントニオ・デ・レイヴァ（一四八〇―一五三六）。皇帝軍がフランス軍に勝利した「パヴィアの戦い」で軍功を挙げたほか、コニャック同盟との戦いでも皇帝軍の指揮にあたった。

（2）　詩人のヴィットリア・コロンナ（一四九二―一五四七）。文人たちの庇護者であり、アレティーノの文通相手でもあった。夫であるペスカラ侯フェルディナンド・ダヴァロスが一五二五年に早世したのち、ローマの修道院に隠棲する。

（3）　詩人のヴェロニカ・ガンバラ（一四八五―一五五〇）。コッレッジョの領主ジベルト十世の妻。アリオスト、ベンボ、ベルナルド・タッソらと交流があった。

（4）　フィレンツェ生まれの文人。フランソワ一世およびアンリ二世の庇護を受けつつ、詩、小咄《ノヴェッラ》、悲劇などを手がけた。

（5）　詩人のルドヴィコ・アリオスト（一四七四―一五三三）。代表作『狂えるオルランド』のなかで、アレティーノを

「王侯君主の鞭、神のごときピエトロ・アレティーノ」と呼称している。

（6） 詩人のフランチェスコ・マリア・モルツァ（一四八九―一五四四）。ローマに暮らし、イッポリト・デ・メディチやアレッサンドロ・ファルネーゼ（のちのパウルス三世）が統べる宮廷に出入りしていた。

（7） 詩人のピエトロ・ベンボ（一四七〇―一五四七）。『アーゾロの談論』、『俗語をめぐる散文』といった著書で知られる。人文主義者としても輝かしい功績を残し、ヴェネツィアの出版人アルド・マヌツィオと組んでペトラルカやダンテの作品を刊行している。「訳者解説」を参照。

（8） フォッソンブローネ司教で詩人のジョヴァンニ・グイディッチョーネ（一五〇〇―一五四一）。「ローマ劫掠」を題材としたソネットがとくに有名。

（9） 医師で、アレティーノの書記を務めていたアゴスティーノ・リッキ（一五一二―一五六四）。『三人の僭主（*I tre tiranni*）』という著書を手がけているほか、エラスムスがラテン語に訳したガレノスの著作に注釈をつける仕事もしている。

（10） 四世紀のラテン語文法学者ドナトゥスの『小文法学（*Ars minor grammatica*）』にたいする仄めかしと推察される。二五年版「前口上とあらすじ」訳注18を参照。「羊（pecora）」は鈍重な人物の暗示であるようにも読める。規則や規範ばかりを気にする詩人にたいする揶揄と解釈するのが適切だろう。

（11） ローマの北に位置する森。山賊の跋扈する土地として恐れられたが、北からローマに入るには、どうしてもこの森を抜けなければならなかった。第一幕訳注8を参照。

（12） ヴェネトの文人ジュリオ・カミッロ・デルミニオ（一四八〇―一五四四）。記憶術の大家で、その理論を具現化した「記憶の劇場」の構想で知られる。紳士の台詞にある、「奇跡のごとき偉大な建造物（la gran machina de i miracoli）」とは、この「記憶の劇場」のことを指していると推測される。

（13） サレルノ公フェッランテ・サンセヴェリーノに仕えていた、詩人のベルナルド・タッソ（一四九三―一五六九）。『エルサレム解放』の著者トルクァート・タッソの父。

（14） 『コルティジャーナ』三四年版の刊行と前後して、アレティーノは『キリストの受難（*Passione di Gesù*）』、『ダヴィデの悔悛についての七つの詩編（*Sette Salmi de la penitenzia di David*）』という著作を世に出している。外国人の台詞は、これら宗教系の著作にたいする仄めかしであろう。
(15) アレッサンドロは、初代フィレンツェ公のアレッサンドロ・デ・メディチ(一五一〇—一五三七)。ヴァスト侯は、カール五世に仕えた軍人アルフォンソ・ダヴァロス(一五〇二—一五四六)。クラウディオ・ランゴーネはモデナ生まれの伯爵、軍人。「訳者解説」を参照。
(16) ミラノ伯(のちにはソンチーノ侯)のマッシミリアーノ・スタンパ(一四九四—一五五二)。ミラノ公フランチェスコ二世の良き相談役だった。
(17) 「ロレーヌ」は、一五一八年にレオ十世に枢機卿に任命されたジョヴァンニ・ディ・ロレーナ(一四九八—一五五〇)。「メディチ」は、一五二九年にクレメンス七世に枢機卿に任命されたイッポリト・デ・メディチ(一五一一—一五三五)。「トレント」は、トレント司教で一五二九年にクレメンス七世に枢機卿に任命されたベルナルド・クレジオ(一四八五—一五三九)。『コルティジャーナ』三四年版の巻頭には二つの献辞が付されており、一方はトレント枢機卿に、もう一方はロレーヌ枢機卿に捧げられている。
(18) アックルシオとセラピカは、二〇年代のローマに実在した宮廷人。二五年版「前口上とあらすじ」訳注34を参照。
(19) 一五二七年に起こった「ローマ劫掠」への仄めかし。第四幕の訳注19を参照。
(20) 二五年版「前口上とあらすじ」訳注38を参照。

# 訳者解説

十五世紀後半、イタリア半島の各地の宮廷では、古典喜劇研究の機運が高まり、新しい演劇形式の発展が見られた。この領野でとくに重要な貢献を果たしたフェッラーラの宮廷では、一四八〇、九〇年代に、数多くのローマ喜劇が上演された記録が残っている。十六世紀のはじめには、やはりフェッラーラの宮廷で、『狂えるオルランド』の著者アリオストが、ラテン語ではなく俗語を用いて喜劇の創作に取り組んでいる。一五〇八年に上演された『カッサリア』は、古典喜劇（プラウトゥスおよびテレンティウス）のプロットを直接の典拠としているわけではないにせよ、召使い、老人、取り持ち女といった登場人物の造形の面で、明らかにローマ喜劇に範をとっている。一五一〇年代に入ると、イタリア・ルネサンスを代表する二篇の喜劇が、ウルビーノとフィレンツェで生まれている。ベルナルド・ドヴィーツィ・ダ・ビッビエーナの『カランドリア』と、マキャヴェッリの『マンドラゴラ』である。とくに前者は、「コンメディア・エルディータ（教養喜劇）」の名で呼ばれるジャンルの典型例として、その後の諸作品に多大なる影響を及ぼすことになった。コンメディア・エルディータの特徴は、大まかに言って以下の二点に集約できる。第一に、登場人物とプロットにかんして、プラウトゥスおよびテレンティウスの喜劇を下敷きにしていること（ただし、物語の舞台は同時代のイタリアの都市に設定されている）。第二に、十四世紀以降のイタリア文学におけるノヴェッラの伝統（とりわけボッカッチョ『デカメロン』）から、「悪ふざけ（beffa）」の素材を取り入れていることである。多くの作品に共通して認められる要素としては、性的欲望の昂進がもたらす騒動、社会的地位の転倒（若者による老人への、召使いによる主人への容赦ない罵倒）、人違いや衣服の交換（および、そこから派生する社会的役割の入れ替え）などが挙げられる。プラウトゥスの『メナエクムス兄弟』から双子の取り違えというプロットを拝借し、『デカメロン』から悪ふざけのモチーフを抽出している『カランドリア』は、古典喜劇の枠組みと中世以降のノヴェッラの伝統をたくみに融合させた一篇である。

アリオスト、マキャヴェッリ、ビッビエーナ枢機卿らと並び、ルネサンス喜劇のもっとも重要な書き手のひとりとされるのが、本書『コルティジャーナ（*Cortigiana*）』の著者ピエトロ・アレティーノである。当代きっての「ポリグラフォ（雑文家）」として、書簡集や聖人伝など多様なジャンルの作品を遺したこの人物は、生涯に五篇の喜劇脚本をものしている。同時代のローマにおける宮廷生活を辛辣な諷刺をとおして描いた『コルティジャーナ』は、アレティーノがはじめて手がけた喜劇である。

喜劇『コルティジャーナ』の脚本テキストには、ローマ宮廷にて執筆された一五二五年の版と、大幅な改訂が施されたのちにヴェネツィアで刊行された一五三四年の版の二種類が存在する（本稿では、それぞれ二五年版、三四年版と記す）。もともと手稿の形でしか残っていなかった二五年版は、一九七〇年になってはじめてその批評校訂版が刊行された。以来、両版のあいだに認められる明瞭な差異は多くの研究者の関心を惹きつけ、それぞれのテキストの比較検討作業が進められてきた。このたび訳出したのは、ローマ宮廷で執筆された二五年版の『コルティジャーナ』である。また、参考資料として、三四年版の前口上を併せて収録している。

## 邦題『コルティジャーナ』について

本稿では、二〇年代、三〇年代のアレティーノの執筆環境を概観し、二五年版と三四年版の比較も行いながら、喜劇『コルティジャーナ』の諸特徴を明らかにしていきたい。しかし、そうした作業に入る前に、まずは『コルティジャーナ』という邦訳タイトルについて、読者に説明をしておく必要があるだろう。

cortigiana なる語はそもそも、「宮廷人（cortigiano）」の女性形であり、元来は「宮廷の婦人、貴婦人」のことを指していた。それが、十五世紀の半ばになると、ローマの宮廷（corte）に出入りする男性を楽しませる、優雅で教養のある女性たちの呼称となる。彼女たちは性的な慰安の提供者でもあったが、その相手はあくまで、注意深く選り抜かれたごく少数の宮廷人たちだった。ところが、ローマやヴェネツィアといった都市ではいつしか、「コルティジャーナ」という言葉は単純に、「（もっぱら社会的地位の高い客のみを相手にする）高級娼婦」を意味するようになり、この用法が半島全体に広く普及していった。

文学史の書物を紐解けば知れるとおり、アレティーノは性愛文学のジャンルでも（あるいはむしろ、このジャンルにおいてこそ）十六世紀を代表する書き手であった。コルティジャーナのナンナと、その友人（アントーニア）や娘（ピッパ）を語り手とする対話文学『ラジョナメンティ（*Ragionamenti*）』は、西欧近代におけるポルノグラフィ文学の始祖と捉えられている。こうした名声（悪名？）も背景にあってのことか、アレティーノについて日本語で書かれた文章のなかでは、喜劇 *Cortigiana* にはしばしば『遊女』という邦題が与えられてきた。しかし、本書の読者はこのタイトルを前にして、首をひねらずにはいられないだろう。なにしろ、喜劇 *Cortigiana* には、「遊女」はひとりも登場しないのだから（マーコ殿の恋の相手であるカミッラ・ピサーナは当時のローマに実在した高級娼婦、すなわちコルティジャーナだが、舞台に姿を現すわけではない）。では、いったいアレティーノはいかなる意図のもとに、コルティジャーナの登場しない喜劇に *Cortigiana* なる題名をつけたのだろうか。

アレティーノ研究の第一人者であるジュリオ・フェッローニは、cortigiana を「宮廷の」を意味する形容詞として捉え、喜劇のタイトルを「*La (Commedia) Cortigiana*」と読む解釈を提出している。日本語に直すならば『宮廷の喜劇』となり、たしかにこれは、芝居の内容を適切に表した題名である。また、ルネサンス文学の知識を持つ読者ならば容易に察することであろうが、アレティーノの喜劇のタイトルは、同時代のイタリア、あるいは広く西欧で大々的な成功を収めていた、バルダッサーレ・カスティリオーネ『宮廷人（*Il Cortigiano*）』を踏まえたものでもある。『宮廷人』の印刷本が刊行されたのは一五二八年であり、アレティーノが『コルティジャーナ』を執筆した一五二五年よりも後のことであるが、カスティリオーネの著書はそれよりも早くから、手稿の形でローマ宮廷に広く流布していた。『コルティジャーナ』の第一幕第二場では、アンドレア師が「宮廷人になる方法を教える書物」に言及しているが、これこそカスティリオーネ『宮廷人』のことにほかならない。カスティリオーネは二〇年代のイタリア半島において、後述するピエトロ・ベンボとともに、宮廷文化をめぐるもっとも重要な理論家であった。カスティリオーネが描きだす理想化された宮廷を、諷刺と諧謔によって徹底的に貶めたのが『コルティジャーナ』である。『宮廷人』で描かれる楽園のごときウルビーノ宮廷と比較するなら、アレティーノの放埓な筆が活写するローマ宮廷は、まさしく地獄としか形容のしようがない（本書の第五幕第七場でヴァレリオは、ローマの宮廷を、地獄よりもさらにひどい場所だと言っている）。いってみれば、アレティーノの『コルティジャーナ』は、『宮廷人（コルティジャーノ）』のパロディのごとき一篇である。あるいは、前口上で道化の口から語られる、「コメディア・コルティジャーナ婦人（mona comedia Cortigiana）」なる言葉も、作品の題名について考察する手がかりとなるだろう。喜劇を擬人化したこの表現からは、あたかも、芝居の舞台であるローマ宮廷（あるいはローマの町全体）を、ひとりの高級娼婦（コルティジャーナ）になぞらえているかのような印象を受ける。そう考えるなら、『遊女』という邦題にも一定の正当性があるといえるかもしれない。

このように、*Cortigiana* というタイトルは含意と曖昧さに満ちており、そのニュアンスを日本語で適格に伝えることはきわめて難しい。そこで、本訳書では敢えて、原題をそのまま片仮名に直した『コルティジャーナ』という邦題を選択した次第である。

## 『コルティジャーナ』の執筆環境

ここからは、アレティーノが手がけた最初の喜劇『コルティジャーナ』がいかなる環境のもとで生まれたのか、著者の伝記的な事実を追いながら駆け足でたどってみたい。

『コルティジャーナ』の第一稿が執筆されたのは、一五二五年の春頃と推定されている。教皇の腹心ジョヴァン・マッテオ・ジベルティ（第五幕第七場で言及されている掌璽《しょうじ》院長）は、かねてよりアレティーノの存在を快く思っていなかった人物であるが、おそらくはこの喜劇が直接の引き金となり、アレティーノに刺客を差し向けることを決断する。一五二五年の七月二十八日から二十九日にかけての深夜、アレティーノはジベルティに仕える召使いに襲われて瀕死の重傷を負う。奇跡的に一命を取りとめたものの、「教皇の都ローマ」にもはや自らの居場所はないという苦い現実を悟ると、一五二五年八月、作家は失意のうちにローマ宮廷をあとにする。この時点で、「宮廷人アレティーノ」のキャリアは終焉を迎えたといえるだろう。フェデリーコ・ゴンザーガの統治するマントヴァ宮廷や、以前から親交のあった「黒隊長」ジョヴァンニの陣営を転々としたのち、アレティーノはヴェネツィア共和国へ身を寄せる。けっきょく、この「水の都」が作家の終の棲家となり、（晩年におけるごく短期間の滞在を除き）アレティーノがローマの土を踏むことは二度となかった。

では、一五二五年当時のローマ宮廷において、アレティーノはいかなる社会的地位を占めていたのだろうか。アレッツォ出身のこの作家が永遠の都へやってきたのは、一五一八年ごろと推定されている。ローマへ到着したばかりの若きアレティーノは、いまだ完全に無名ではあったものの、すでにペルージャにおいて詩作の手習いはすませており、同地にて『新詞華集（*Opera nova*）』なる処女作を執筆・出版している。ローマに到着してからは、シエナの銀行家であり芸術家たちの大パトロンでもあったアゴスティーノ・キージの邸宅に身を寄せ、宮廷文化へ接近するための絶好の環境を獲得する。キージ邸にはラファエッロやセバスティアーノ・デル・ピオンボらに代表される当代随一の画家が出入りしており、アレティーノはこの時期に、キージ周辺の芸術家サークルと親交を築いたと考えられる。のちに、イタリアのみならず、西欧全域の名士たちから信頼を置かれることになる絵画にたいする鑑識眼は、この時期に養われたものである。

ローマに到着してからレオ十世が死去するまでの数年間、アレティーノがどのような執筆活動を展開したかについては、たしかなことは分かっていない。彼に帰属しうるわずかなテキストのうち、当時の作家の境遇を窺い知るための有力な手がかりを提供しているのが、『笑話（*Farza*）』とよばれる小品である。レオ十世が世を去る二、三年前に書かれたとみられる本作品は、宮廷への出仕を望む牧人シルヴァーノにたいし、宮廷における処世術に長けたカランドロという人物が教えを授ける、対話形式の喜劇的な作品である。「宮廷人の教育」という主題はアレティーノのお気に入りであり、のちに執筆されるであろう『コルティジャーナ』や『宮廷をめぐる議論（*Ragionamento delle Corti*）』といった作品でも反復されている。

高貴な人びとに仕える上で心がけるべきことを尋ねるシルヴァーノにたいし、カランドロはまず、宮廷における望ましい喋り方について語って聞かせる。

さあ、よく聞くんだ
変えなければいけないよ
きみは喋り方も
学ぶのだ
そしてトスカーナ語を
ナポリ語はきっぱりと
捨ててしまいなさい

トスカーナ語を推すカランドロの言葉は、フィレンツェ出身の教皇レオ十世にたいする目配せと解釈すべきだろう。カランドロはつづけて、詩作の心得の大切さをシルヴァーノに説いて聞かせ（「その次には／すべての川、海／沼、泉／森、町、山について学びなさい／そして、磨きあげられた詩句を詠むために／洗練された語り口を習得するのだ」）、その後、「ピエトロ・アレティーノ（un Pietro Aretino）」の知己を得ることが重要であると告げる。

自らの行いから　　実りを得たいと思うなら
まっさきに　　なにがなんでも
ピエトロ・アレティーノと　　親交を結ぶといい。
〔……〕
とにかく　　アレティーノと友人になることだ
なにしろ彼は　　敵には容赦しない男だから。
〔……〕
　　　　　きみの恐れはもう消える
彼「アレティーノ」はたったひとりで、主の祈りを形なしにしてしまうから。
どうぞ神が皆々を、あの男の舌からお守りくださいますよう。

自らの名前をテキストに織りこむことは、アレティーノのセルフ・プロモーションの重要な手法であり、後半生の著作のなかで幾度も繰り返されている。『笑話』という若書きの作品に記された「ピエトロ・アレティーノ」の名は、後のキャリアで徹底的に利用される戦略の萌芽である。ここに引用した数行は、レオ十世の宮廷におけるアレティーノの立ち位置を雄弁に物語っている。ローマでのアレティーノの成功の秘訣は、その生来の喋りの才能のうちにあり、毒を孕んだアレティーノの「舌－言葉（lingua）」の脅威は、レオ十世統治下のローマで広く知れ渡っていた。

一五二一年暮れから二二年のはじめにかけて開かれたコンクラーヴェ（新教皇選出選挙）を境に、アレティーノの名声はローマの城壁を飛びこえ、広くイタリアに鳴り響くことになる。

メディチ家の教皇が四十代半ばで突然にこの世を去ると、ローマは大きな混乱に包まれた。次期教皇に、いかなる政治的立場の人物が選出されるかという点は、レオ十世の宮廷に寄生していたあらゆる宮廷人にとって、死活的な関心事だった。コンクラーヴェの行方を、ローマのあらゆる住民が固唾を飲んで見守っていたこの時期、アレティーノは「パスクイーノ」の声を借りることにより、絶大な名声を獲得することになる。

パスクイーノとはそもそも、一五〇一年にナポリの枢機卿オリヴィエーロ・カラファが、ナヴォーナ広場近くに位置する自邸の脇に設置した、両手、両足、鼻を欠いた古代彫像を指す。聖マルコの祝日（四月二十五日）の宗教行進の際には、この彫像の傍らに司祭が腰かける椅子が置かれ、街区の住民たちは祝日に合わせてその椅子を布で飾り立てた。やがてパスクイーノ像も、傍らの椅子と同じように布で装飾されるようになり、さらには、そこに詩作品を貼りつける風習が生まれた。これが、「パスクイナータ（pasquinata）」と呼ばれる諷刺詩の起源である。

かつては、アレティーノをパスクイナータの創始者とする意見もあったが、現在ではこの説は明確に退けられている。とはいえ、アレティーノが歴史上もっとも有名な「パスクイニスタ」であることは確かであり、レオ十世の死からハドリアヌス六世の選出にいたるまでのわずかな期間のあいだに、パスクイーノ像は作家のアルター・エゴのごとき存在となる。

パスクイナータは基本的に無記名の詩であり、その帰属を突き止めることは容易ではない。アレティーノの筆によるとされるパスクイナータにかんしても、研究者のあいだでさまざまな意見がある。たとえば、アレティーノ研究の大家であるラリヴァイユは、十九世紀末にロッシがアレティーノ作と判断した五十一篇のパスクイナータのうち、確実にこの作家に帰することができるのは「十篇足らず」であるとしている。しかし、ここで重要なことは、パスクイーノ像に貼られたこれらの諷刺詩が誰の手によるものであろうと、ローマの民衆はいずれにしても、そこからアレティーノの声を聴きとったということである。

アレティーノは親メディチ派として、枢機卿ジュリオ・デ・メディチを候補に推していた。したがって、彼に帰属されるパスクイナータには当然のことながら、新教皇ハドリアヌス六世への批判的な言辞が散りばめられている。衒学者を生涯の敵としたアレティーノにとって、新しく選出された学者肌のオランダ人教皇は、たんに政治的理由からだけではなく、個人的な嗜好の面からも、「ペルソナ・ノン・グラータ（好ましからざる人物）」であったに違いない。そして、コンクラーヴェの結果にたいする失望は、ひとりアレティーノのみならず、ローマ民衆のあいだにひろく共有されたものだった。こうしてアレティーノは、一五二一年の暮れから翌二二年にかけてのわずかな期間に、不満を抱えたローマ民衆の代弁者のごとき存在と見なされるようになる。

アレティーノがこの時期に執筆したと推定される、『ある宮廷人の嘆き（*Lamento de uno cortegiano*）』という小品は、喜劇『コルティジャーナ』を読むうえでたいへん興味深い材料を提供している。この作品では、長年にわたり宮廷に出仕してきた老人が、宮仕えの空しさについて延々と嘆きを漏らす。前述の『笑話』においてはまだ、狡猾さと機知をもってすれば宮廷で成り上がることは可能であるという、一種の能力主義《メリトクラシー》が信じられていた。ところが、『ある宮廷人の嘆き』の老人にはもはや、そのような明るい見通しは存在しない。宮廷とは、運命の気まぐれに弄ばれ、人生を浪費するための場所でしかないという、乾いた諦観がこの作品には漂っている。宮廷生活の不安定さ、そこで用いられる言語の空々しさ、宮廷人の浅ましい振る舞いなど、やがて『コルティジャーナ』に結実する数多くの要素が、すでにこの小品のなかに描かれている。

　一五二二年七月、新教皇のローマ入りに先立って、アレティーノは身の安全のためにローマを去る。コンクラーヴェの結果は彼にとって思わしいものではなかったものの、このイベントのおかげで、論争家としてのその名声は、広くイタリアにとどろくことになった。ローマを離れているあいだ、フェデリーコ・ゴンザーガのマントヴァ宮廷、ジョヴァンニ・デッレ・バンデ・ネーレの陣営などを渡り歩くことで、アレティーノはローマ宮廷という閉ざされた環境から脱し、イタリア半島の各都市が直面する国際情勢をも視界に収めるようになった。オランダ人教皇がわずか一年の短い治世を終え、ジュリオ・デ・メディチが新教皇クレメンス七世として即位すると、アレティーノは一五二四年五月にローマへの帰還を果たす。

　この年の秋から翌年始めにかけての数カ月は、アレティーノの宮廷人としてのキャリアが絶頂を迎えた時期であった。クレメンス七世より「ロードスの騎士」の称号を授かり、教皇庁の政治の内奥へ深くコミットするようになったアレティーノは、翌年の一月にはパヴィアにて、ジョヴァンニ・デッレ・バンデ・ネーレの付き添いのもと、フランス王との面会を果たす。この出会いをきっかけに、アレティーノはローマにおける親フランス派の代表のごとく振る舞いはじめる。

したがって、『コルティジャーナ』が執筆された一五二五年の春には、アレティーノは出世の階段を登りつめ、栄光に包まれた状態にあった。無名の詩人としてローマにたどりつき、身ひとつでキージ邸に仕えはじめてからわずか七年のあいだに、マントヴァ侯爵、メディチ家の傭兵隊長、さらにはフランス王らと深い親交を築き上げてみせた。舌とペンの力により、ローマ宮廷を支配する運命の気まぐれを、見事に操ってみせたのである。

ところが、七年にわたる自身の宮廷における体験を凝縮させたかのような喜劇『コルティジャーナ』は、宮廷にたいする阿諛追従どころではない、きわめて論争的な代物だった。『笑話』や『ある宮廷人の嘆き』のような小品において部分的に予告されていた宮廷生活の虚無と虚栄が、この喜劇においては極限まで強調され、戯画化されている。先述のとおり、当時の掌璽院長ジベルティとアレティーノの不和は、この喜劇がきっかけであったとされている。結局のところ、彼に栄光をもたらした舌とペンが、宮廷人アレティーノの息の根を止めたのである(なお、『コルティジャーナ』二五年版の上演記録は残っていない。おそらくアレティーノは、ローマ宮廷の仲間内でまわし読みして楽しむために、この脚本テキストを執筆したものと思われる)。

一五三三年、アレティーノはヴェネツィアにて『コルティジャーナ』の改稿に取りかかり、三四年夏、同地の出版業者マルコリーニのもとで脚本テキストを刊行する。第一稿を執筆した当時と比較して、イタリア半島、ひいては西欧世界全体におけるアレティーノの政治的立ち位置は大きく変質していた。

まず指摘すべきは、ヴェネツィアの芸術家たちとのあいだに作家が築き上げた幅広い交流関係である。アレティーノは共和国に到着したその年のうちに、彫刻家ヤコポ・サンソヴィーノを仲立ちとして、ティツィアーノと親交を結んでいる。彫刻家（サンソヴィーノ）・画家（ティツィアーノ）・作家（アレティーノ）のトリオはビジネスの面でも、互いに欠くべからざる同志となった。諸君主の要望を聞き入れながら友人の芸術家たちの作品を売りこむ「エージェント」として、アレティーノはさかんにその文才を利用した。ローマ宮廷（あるいは、ローマに到着するより以前に青年期を過ごしたペルージャ）において身につけた詩や絵画をめぐる見識は、ヴェネツィアに居を定めてからの人脈形成にも大いに貢献した。アレティーノの周囲には、文学や美術に関心のある共和国の良家の子弟が集まり、彼らとの交流関係を利用することにより、作家はヴェネツィアの政治的中枢と接触する機会を確保していた。一五三二年には、「詩人たちの王」アリオストの『狂えるオルランド』第三版最終歌において「王侯君主の鞭、神のごときピエトロ・アレティーノ（il flagello de' principi, il divin Pietro Aretino）」とあだ名され、三三年には、やがてティツィアーノによる作家の肖像画にも描きこまれるであろう「純金五リッブラ」のネックレスをフランス王から贈呈される。ネックレスに刻まれた痛烈なモットー「コノ者ノ舌ガ語リシハ偽リナリ（lingua eius loquetur mendacium）」は受け取り主を大いに当惑させたものの、当時のヨーロッパにおける最高権威のひとりからかくも豪奢な心づけを下賜されたことにより、ヴェネツィアにおけるアレティーノの地歩はなおいっそう堅固なものとなった。

## 二五年版と三四年版の前口上の差異

一五二五年まで、ローマの宮廷人として限られた範囲の受容層にのみ諷刺的な作品を発信していたアレティーノは、ヴェネツィアに根を張ってからわずか数年のうちに、「王侯君主の鞭」としての地位を築きあげていた。喜劇『コルティジャーナ』の二つの版は、作家のかかるステータスの変化を推し量るうえで、格好の材料を提供している。

二五年版と三四年版のあいだに存在するもっとも明瞭な差異は、喜劇の前口上のうちに認められる。二五年版において前口上を演じていた二人の道化は、三四年版では「外国人（Forestiere）」と「紳士（Gentiluomo）」の二者に取って代わられ、語られる内容も大幅に（というよりは全面的に）書き改められている。

作品のなかに実在の人物の名前を織りこみ、お世辞、媚び、誹謗や中傷を展開するということを、アレティーノは生涯を通じてきわめて頻繁に行っている（そうした筆さばきは代表作『書簡集（*Lettere*）』において「名人芸」の域に達する）。この作家にとっての執筆活動は、自己宣伝や人脈構築の手段という側面がきわめて色濃かった。『コルティジャーナ』の前口上において言及される人物のリストは二五年版と三四年版で完全に異なっており、前者がローマ宮廷の、後者がヴェネツィア共和国の聴衆を意識して書かれたものであることが一読して察せられる。

二五年版の二人の道化が前口上のなかで挙げているのは、そのほとんどがローマ宮廷となんらかのかかわりを持っていた人物であり、とりわけレオ十世、クレメンス七世の宮廷に寄食していた道化や詩人の割合が多い。このような、一五一〇―二〇年代のローマに暮らしていた宮廷人にしか通用しない「内輪向け」の固有名は、三四年版の前口上ではことごとく削除されている。代わりにそこに名を連ねるのは、文人たちの庇護者であり自身もまた詩をものしたヴィットリア・コロンナ（ペスカラ侯夫人）、「ムーサたちの父」でありイタリアの人文主義者の頂点に君臨していたピエトロ・ベンボ、サレルノ公書記官の地位にあった文人ベルナルド・タッソ（『エルサレム解放』のトルクァート・タッソの父）など、西欧世界に広く名を轟かせていた著名人たちである。二五年版の二人の道化が、作家にとって身近な宮廷人の実名を挙げて辛辣な諷刺を繰り広げていたのにたいし、三四年版の「外国人」と「紳士」は、権力者や文人に向けて称賛の言葉を並べるのに余念がない。そして、「王侯君主の鞭アレティーノ」が、「ローマの宮廷人アレティーノ」には望むべくもなかった国際感覚を発揮するのは、以下に引くような箇所においてである。

**紳士**　アレティーノ殿は、フランス王がお示しになる善意についても、途方もない熱をこめて説いていますよ。
**外国人**　王の高潔さを賛美しないものなどおりましょうか？
**紳士**　それを言うなら、フィレンツェ公のアレッサンドロさま、ヴァスト侯、そして、武勇と叡智の宝玉たるクラウディオ・ランゴーネさまのことも賞賛すべきではありませんか？
**外国人**　花冠を作るのに、三輪では足りませんよ。

親フランス派である作家の立場を代弁してフランソワ一世を讃えたその直後、紳士はアレッサンドロ・メディチ（初代フィレンツェ公）、ヴァスト侯アルフォンソ・ダヴァロス（皇帝軍総大将）、クラウディオ・ランゴーネ（親フランス派の伯爵）からなる「三輪の花（tre fiori）」を列挙し、イタリア、皇帝、フランスという三つの勢力に捧げる阿諛追従を丁寧に配分してみせる。作家はここで、自身にとっての新たな「祖国」となったヴェネツィア共和国の政治的方針（諸勢力の均衡維持）に歩調を合わせようと努めている。宮廷の隣人を手当たり次第に笑いのめしていた二五年版の痛烈な諷刺は、いまやすっかり影を潜めている。利害関係者への細やかな目配せがなされた三四年版の前口上においては、作品の「政治利用」の意図があからさまに打ち出されているといえるだろう。

## アレティーノの喜劇の典拠について

先述のとおり、アレティーノは生涯で五篇の喜劇を執筆している。そのいずれも、大まかな括りで考えるなら、世紀初頭からの「コンメディア・エルディータ」の潮流に従ったものである。『偽善者（*Ipocrito*）』や『タランタ（*Talanta*）』（いずれも一五四二年に脚本テキストが刊行されている）は、プラウトゥスおよびテレンティウスの古典喜劇から題材を拝借しており、最後の喜劇『哲学者（*Filosofo*）』（一五四六年脚本テキスト刊行）は、『デカメロン』のノヴェッラ（第二日第五話）で描かれる「悪ふざけ」をほぼ原形のまま作中で再現している。

一方で、作家がはじめて手がけた喜劇である『コルティジャーナ』は、先行する文学テキストの痕跡が希薄な一篇である。たしかに、性的欲望に伴う騒動、社会的立場の転倒現象（賢明な召使いと愚かな主君）、衣服の交換による性別・社会的地位の混乱（パン屋エルコラーノの女装や、マーコ殿による荷運びの仮装）など、コンメディア・エルディータの諸特徴は認められるものの、登場人物たちが興じる「悪ふざけ」に文学的な典拠は存在しない。じっさい、第二幕第二十四場ではアンドレア師が、自身の企画した悪ふざけを評して「こんな小咄《ノヴェッラ》はボッカッチョさえ書いてないぞ」と言い放っている。この台詞は、『ラジョナメンティ』のナンナとアントーニアによる、以下のやりとりを想起させる。

**アントーニア**　『百物語』〔ボッカッチョ『デカメロン』を指す〕の作者さま、腹を立てずにお聞きください。あなたはもう、引退してくださってけっこうです。

**ナンナ**　わたしはそこまでは言わないわよ。ただ、わたしのお話は生きている（vive）のに、あの人のお話は描かれた作り物だってことは認めてほしいわね。

代表作である『書簡集』に収められた、ロドヴィーコ・ドルチェ宛ての有名な書簡でも、アレティーノは「生きた」事物を書く（描く）ことの重要性を力説している。

ある賢明な画家の例から、わたしの言うことを学んでください。この画家は、誰を模倣しているのかと質問してきた人にたいし、人びとの群れを指さしました。自分は生きたもの（vivo）、本当のものを手本にしていると言いたかったのであり、私もまた、話したり書いたりするときは彼と同様にしています。

古典喜劇やボッカッチョのような過去の文学作品ではなく、ローマの宮廷生活という「生きた現実」から素材を借りてきている『コルティジャーナ』は、「自然そのものの素朴さに仕える書記官」を自任するこの著者の面目躍如たる一篇である。アンドレア師がマーコ殿に仕掛けた「悪ふざけ」は、ローマの宮廷で毎日のように起きているという「途方もない奇跡の数々」（前口上）から想を得たものであると考えられる。一方、パラボラーノの恋愛は、当時の宮廷で流行していた「ペトラルキズモ」にたいする諷刺として機能している。パラボラーノがペトラルカ風の恋愛遊戯にのめりこんだ人物であることは、意中の人妻の名前（ラウラ）からも容易に察せられる。アレティーノの諷刺と諧謔の鍵となるのが、ペトラルカがラウラへの思慕を詠うにあたって好んで用いた、「甘い、甘美な」を意味するdolceという形容詞である。召使いの見せかけの尽力により、想いが成就する確信を抱いたパラボラーノは、「恋の甘さ」を繰り返し力説する。『カンツォニエーレ』のラウラを飾るdolceという語が、ずる賢い召使いの計略にあっさりと引っかかる滑稽な宮廷人によっていくども口にされることで、優雅と洗練のきわみである宮廷風恋愛の価値は失墜させられる。そして、ペトラルカ風の詩法にたいするアレティーノの挑発的な態度は、二人の道化による前口上においてもっとも顕著に現れている。

## 一五二〇年代の宮廷と「言語論争」

二五年版の前口上には、喜劇の舞台となった当時のローマ宮廷の雰囲気が色濃くにじんでいる。なかでも注目に値するのが、「喋り方」をめぐる論争的な言辞である。二人の道化は繰り返し、「浣腸 - あらすじ」のダブルミーニングを利用した「下品な」言葉遊びに興じ、ペトラルカ風の優美な言葉遣いを揶揄している。道化たちのやりとりには、二〇年代の宮廷を賑わせていた「言語論争」における、アレティーノの立ち位置が反映されている。

十五世紀、人文主義者の著述活動はもっぱらラテン語によって行われていたが、世紀の変わり目を迎えるころには、各地方の俗語がその地位に取ってかわっていた。そうした状況から生じてきたのが、「俗語はいかにあるべきか」という問題意識である。当時のイタリア社会で用いられていたのはあくまでトスカーナ語や、ナポリ語や、ヴェネツィア語といった土着の言語であり、半島全域の公用語たる「イタリア語」はいまだ存在しなかった。『コルティジャーナ』の前口上では、道化が観客に向けて、芝居の舞台はバベルではなくローマなのだと念押ししている。神話の時代の古代都市を十六世紀のローマに結びつけているのは、「多様な言語の併存による混沌」である。教皇庁を擁するうえ、レオ十世のプロデュースにより豪奢な宮廷文化が花開いていたローマには、半島の内外からさまざまな人材が集まっていた。「世界の首都（caput mundi）」たる国際都市で、階層や出身地を異にする人びとがとりどりの言語を話す様子は、ヤハウェによって「言葉を混乱させられた」あとのバベルの姿を彷彿とさせるものがあったのだろう。

理想の俗語の在り方をめぐる人文主義者たちの主張は、大まかには以下の三通りに分類される。①ボッカッチョを散文の、ペトラルカを韻文の絶対的規範に掲げる（ピエトロ・ベンボ）②イタリア各地の宮廷で話されている言語を尊重しながら、これからの時代に見合った新しい俗語を追求しようとする（カスティリオーネ、トリッシノ）③同時代のトスカーナ語を規範として推奨する（マキャヴェッリ、フィレンツオーラ）。イタリア語史を振り返るなら、最終的にはベンボの主張が圧倒的な勝利を収め、十四世紀のトスカーナ語を基盤として「標準イタリア語」が練り上げられていく。そもそもベンボは、『カンツォニエーレ』の校訂版を刊行し、イタリアにペトラルカブームを巻き起こした張本人でもある。つまり、アレティーノがくりかえし揶揄してみせる「ペトラルキズモ」の火付け役は、ほかならぬベンボその人であった。『コルティジャーナ』の前口上で言及される、「ギリシア語やら、コルシカ語やら、フランス語やら、ドイツ語やら、ベルガモ語やら、ジェノヴァ語やら、ヴェネツィア語やら、あるいはナポリ語やら」でお喋りをするというパスクイーノは、ベンボ流の単一言語主義に反旗を翻す存在である。

では、上述の三つの主張と照らし合わせた場合、アレティーノの立場はいずれに近いといえるだろうか。トスカーナ語に特権的な地位を与えようとする①と③がアレティーノの考えと相容れないのは明らかであるが、新たな時代に見合った「ハイブリッド言語」を創造しようとする②もやはり、この作家の立場からはやや遠い。「ミラノ人なら「パン」のかわりに「ミッカ」と言えば良いし、ボローニャ人なら「おいでになる」のかわりに「おはします」と言えば良いのです」という主張に見られるように、言語をめぐるアレティーノの態度とは、単純素朴な「カンパニリズモ（郷土主義）」にほかならない。ここで着目したいのは、アレティーノの思想の内実よりむしろ、それが表明されるさいに作家が駆使する言葉遊びである。ペトラルカ風の優美な語彙を、浣腸器に詰める草や「フィレンツェ風サラダ菜」に喩えるメタファーは、作家の個性と時代背景が化学反応を起こすことによって生まれた独特のレトリックである。言語を排泄行為と結びつける例は、著者のほかの作品にも認められる。たとえば、『ラジョナメンティ』の第二部に相当する『ディアーロゴ（*Dialogo*）』において、ナンナは娘のピッパに次のように語っている。

**ナンナ**　だってわたしは口をついて出たことをそのまま喋るんだし、一息で話せることをわざわざ苦労して捻じ曲げたりしないのよ。「申しそうろう」だの「致しそうろう」だの「糞を垂れそうろう」だのと、借り物の言葉を百年も繰り返しつづけてる「書物執筆法指南へとへと先生」とは違うんですから。この手合いって、便秘よりももっと糞づまりな言葉でもって喜劇を演じているのよね。

強調すべきは、ナンナの批判の矛先が「(言葉を)借りてくる」ことへと向けられている点である。「口をついて出たことをそのまま喋る」がモットーのナンナにとって、過去の先例に追随することは愚かな振る舞いでしかない。古びた言葉、「便秘よりもっと糞づまりな言葉」を多用することは、喜劇役者の滑稽な身振りへとなぞらえられる。ここに引用したナンナの台詞は、ペトラルカ主義にたいする諷刺というより、過去の言語に手本や模範を見い出そうとする態度全般への攻撃といえるだろう。言葉を排泄物になぞらえるレトリックは、古典文化の研究に耽溺する衒学者を諷刺するさいにも用いられている。次に引くのは、喜劇『マレスカルコ(*Marescalco*)』(一五三三年脚本テキスト刊行)のなかの一節である。

**衒学者**　つましい食事がわざわいして、わが思索を吐き出すだけの気力もないわ。ともあれ、われわれはラテン語ではじめるとしよう。なぜならキケローは『パラドクサ』において、神聖なる婚姻について俗語で語ることに否定的であったのでな。

**伯爵**　どうぞできるだけ、ちゃっちゃと適当に話してくださいよ。なにしろあなたの「ブス」だの「バス」だのは、理解するにはあまりに糞づまりなものですから。

伯爵の言う「ブス・バス(bus・bas)」とは、ラテン語単語の語尾に頻繁に現われる綴りである。じっさい、この衒学者(Pedante)という人物は喜劇のなかで、語尾だけをラテン語風に直した奇妙な表現を繰り返し用いている。ここに引いた伯爵の台詞からは、ブスやバスという綴りによって単語の末尾を塞がれてしまい、言葉そのものが便秘になっているかのようなイメージが浮かび上がってくる。作家の諷刺の標的になっているのはまたもや、古びた言葉、借り物の言葉である。先に引いた『書簡集』にも、時代遅れの言葉遣いを批判する一節がある。

わたしはペトラルカやボッカッチョの足取りを真似ようとはしません。〔……〕よそのテーブルでお相伴にあずかるよりも、自分の家の干からびたパンを食べるほうが、よほど体には良いのです。古びて悪臭を放つ言葉を漏らすことなしに、わたしはムーサの庭園を一歩ずつ進んでいきます。

過去の言語に規範をもとめ、ペトラルカとボッカッチョの文体を理想とするベンボにとって、言葉が時の流れとともに変化していくことは好ましい事態ではない。「重厚さ（gravità）」と「偉大さ（grandezza）」を備えた、時の風雪をものともせぬ言語こそが、ベンボの思い描く理想の俗語だった。一方でアレティーノにとっての言語とは、パンのように干からびることもあれば、古びて悪臭を放つことさえある。道化たちが言うように、はるか昔の作家が用いた修辞は「釘すら飲みこむダチョウ」でさえ消化できず、便秘の原因となってしまう。言語を食事や排泄といった生理活動に結びつけるレトリックは、アレティーノの作品においてきわめて重要な役割をはたしている。過去の先例に拘泥し、みずからの感覚と判断力に頼ることを忘れた詩人は、アレティーノの道化が語る「あらすじ－浣腸」を聴くことによって、本来の腸の働きを取りもどすだろう。二五年版『コルティジャーナ』の前口上で繰り広げられる「下品」で「猥雑」な言葉遊びは、当時の宮廷における言語の在り方を窺い知るうえで、格好の素材を提供している。

＊

本書は底本として、Salerno社から刊行されている国家版全集を利用しました（P. Aretino, *Teatro. Cortigiana* (1525 e 1534), a cura di P. Trovato e F. Della Corte, Roma, Salerno Editrice, 2010, tomo I)。この版には、『コルティジャーナ』の二五年版と三四年版の双方が収録されています。また、必要に応じて、ペトロッキ（Petrocchi）の編集による版（P. Aretino, *Teatro*, a cura di G. Petrocchi, Milano, Mondadori, 1971）、ロマーノ（Romano）の編集による版（P. Aretino, *Cortigiana e altre opere*, a cura di A. Romano, Milano, BUR, 2001）、ラリヴァイユ（Larivaille）による仏訳（L'Arétin, La Comédie Courtisane-*La Cortigiana*, établissement du texte, introduction, traduction et notes par P. Larivaille, Paris, Les belles lettres, 2005）、キャンベル（Campbell）とズブロッキ（Sbrocchi）による英訳（P. Aretino, *Cortigiana*, trans. J. D. Campbell and L. G. Sbrocchi, Ottawa, Dovehouse Editions, 2003）を参照しました。本書の訳注の多くは、底本とした版に付された用語集（glossario）と人物索引（indice dei nomi）、および、右に挙げた諸版の注釈をもとに作成されています。

この訳書が世に出るまでには、直接的・間接的に、多くの方々にお世話になりました。ひとりひとりのお名前を挙げることは控えますが、今日までのご指導・ご支援にたいし、心より感謝を捧げます。どうもありがとうございました。

二〇一九年　六月

訳者識

## 著者／訳者について――

**ピエトロ・アレティーノ**（Pietro Aretino）　一四九二年、アレッツォに生まれる。一五五六年没。諷刺詩、騎士物語、劇作品、書簡集等を物したポリグラフォ（雑文家）。青年期をペルージャで過ごした後、一五一〇年代の末にローマへ赴く。レオ十世、クレメンス七世統治下の宮廷で頭角を現すものの、教皇の腹心との不和が原因でローマを出奔。ヴェネツィア共和国を終の棲家とし、旺盛な執筆活動を展開する。主な著作に、本書のほか、『書簡集』（一五三八―五六）、『ラジョナメンティ』（一五三四―三六）など。

＊

**栗原俊秀**（くりはらとしひで）　一九八三年、東京都武蔵野市に生まれる。翻訳家。京都大学大学院人間・環境学研究科修士課程修了。カラブリア大学文学部専門課程近代文献学コース卒業。主な訳書に、カルミネ・アバーテ『偉大なる時のモザイク』（未知谷、二〇一六）、ジョン・ファンテ『満ちみてる生』（未知谷、二〇一六）、フェデリーコ・マリア・サルデッリ『失われた手稿譜――ヴィヴァルディをめぐる物語』（共訳、東京創元社、二〇一八）などがある。

装幀――西山孝司

イタリアルネサンス文学・哲学コレクション④

# コルティジャーナ──宮廷生活

二〇一九年九月一〇日第一版第一刷印刷　二〇一九年九月二〇日第一版第一刷発行

著者──ピエトロ・アレティーノ
訳者──栗原俊秀
発行者──鈴木宏
発行所──株式会社水声社
東京都文京区小石川二─七─五　郵便番号一一二─〇〇〇二
電話〇三─三八一八─六〇四〇　FAX〇三─三八一八─二四三七
［編集部］横浜市港北区新吉田東一─七七─一七　郵便番号二二三─〇〇五八
電話〇四五─七一七─五三五六　FAX〇四五─七一七─五三五七
郵便振替〇〇一八〇─四─六五四一〇〇
URL : http://www.suiseisha.net

印刷・製本──モリモト印刷

ISBN978-4-8010-0404-7